BIDRIOZ

Raúl Dorantes

ARS
COMMUNIS
EDITORIAL

BIDRIOZ

Raúl Dorantes

ARS
COMMUNIS
COLECCIÓN RIOLAGO

BIDRIOZ

ISBN-10:0692457496
ISBN-13:978-0-692-45749-8

Director de colección ríolago: Fernando Olszanski

Imagen de la portada: *En el tren,* grabado sobre metal impreso
en papel amate, 1990, Nicolás de Jesús

Para Franky Piña

ÍNDICE

BIDRIOZ O EL REGALO DEL VIDRIO RECREADO

Ojos que no pueden ver, de vidrio tienen que ser.
Proverbio español. Anónimo

"Bidrioz", reza el anuncio de una tlapalería mexicana, "lo escribimos mal, pero los colocamos bien." Ésta será precisamente la experiencia del lector de esta colección de cuentos del escritor y dramaturgo mexicano residente en Chicago, Raúl Dorantes. En la experiencia humana, contar o 'vivir para contarlo' es intrínseco al lenguaje mismo. El fundamento humano en todas las cosmogonías comienza contando un mito. Narrando, desde la oralidad primera, hasta la proto-escritura en las Tablas de Tartaria, y avanzando para llegar así a la escritura cuneiforme y culminar en los procesos narrativos que llamamos cuentos.

El hombre nace con la capacidad de narrar. Hemos narrado bisontes, jaguares gemelos que enfrentaron a los señores de la enfermedad y de la muerte en Xibalbá, sacrificándose para que la humanidad naciera de un maizal; hemos narrado mujeres salidas de la costilla de un hombre, serpientes engañosas, mares que emergen al romperse una calabaza y pueblos que surgen de un ombligo. Pareciera que narrar es nuestro sino. Sin embargo, en el ámbito literario de los últimos siglos, viniendo desde Chejov hasta llegar al mandato de Edgar Allan Poe, sobre la unidad de efecto y la economía rigurosa que debe tener un buen cuento, para culminar en las innovaciones de la cuentística latinoamericana en el siglo XX (Cortázar, Borges, Rulfo, Arreola, Monterroso, García Márquez, Peri Rossi, Lispector, para nombrar algunos), sabemos que ha crecido el número de lectores de relato breve y sabemos, como aseveraba Cristina Peri Rossi, que "Como la poesía, el cuento moderno no admite digresiones, es un mecanismo de relojería donde cada palabra es imprescindible. No puede ni faltar ni sobrar."

Es por esta razón que *Bidrioz* es una colección de cuentos incisiva y constituye una lectura indispensable. Quince cuentos configuran esta colección. El hilo conector, si hay alguno, es el arraigo cosmopolita y la universalidad de estos relatos. Los personajes se mueven en un viaje ya físico, ya mental, en efecto o en deseo por una multiplicidad de espacios geográficos, cercanos y reconocibles para todo aquel que ha emigrado o ha vivido en el exilio. El acceso y el exceso de ruptura —tan familiar a la experiencia migratoria— están representados en este libro desde la fragmentación del título implicando una doble ruptura: por un lado la fragilidad del vidrio y por otro la ruptura que implica el choque de la incorrección gramatical 'bidrioz'.

El acierto de Raúl Dorantes es que con admirable fluidez impone una manera personal de apreciar las cosas, un acertado manejo de los símbolos y una tranquila seguridad que bordea lo axiológico. "Cromagnon", el cuento que da inicio a este conglomerado de 'bidrioz', es el primer viaje de enfrentamiento con la ruptura: el título no está en español —Cromañón— ni en inglés propiamente —Cro-magnon—, sino en vidrio —Cromagnon—, prefigurando así, desde el título del relato, que este Cromagnon, no será 'Homo Sapiens / Hombre pensante' sino 'Homo Faber / Hombre hacedor' y curiosamente llevando al lector a un espacio mental distinto del espacio geográfico, siendo que Cromagnon representa también el nombre de una banda de música rock en los años 60, cuya canción "Caledonia" está calificada como una de las mejores canciones de rock de esos años. La plurisemia se convertirá entonces desde el principio de la colección en una posibilidad fehaciente.

Todos los cuentos deconstruirán el signo lingüístico, mostrando la función fragmentaria del lenguaje en las poblaciones migrantes del orbe. Consciente de ello o no, Dorantes va a 'deconstruir', en el sentido derridiano que defiende el descubrir la 'traza' de la razón previa a la escritura, el momento en que el pensamiento conserva su oralidad y tiene la capacidad de mostrar el signo lingüístico en toda su potencialidad. Estos cuentos nos muestran personajes immersos en una realidad lingüística pluralizada —se destacan como deconstructivistas "Bidrioz"; "Uno de Marlboro, muchachos"; "Holidays", "La comezón del ingeniero"; "La mano del Gran Lama"; "La niña del presidente" y "El camarón y las sirenas"—. El actual derrumbe de fronteras espaciales, ontológicas y lingüísticas que llevan a la universalización de la experiencia humana es un tema que también permea estos cuentos —se destacan como experienciales universalistas "Expediente 22"; "Comedia en puntillas";

"La línea 10"; "Los múltiplos de Tulio"; "Cromagnon" y, mi cuento favorito, "La noche de Poseidón".

En realidad es difícil separar estos cuentos, porque el gran logro de este libro es la fuerza unificadora y el hilo conductor que une los relatos. Los personajes son un elemento fundamental en estas narraciones; tanto sus lugares de procedencia como sus ocupaciones laborales mostrarán la multiplicidad de la experiencia humana y la desaparición de fronteras en el entorno narrativo, a veces urbano y a veces no, pero siempre plural. Por la trascendencia de su trabajo podríamos decir que Raúl Dorantes es un cuentista que se destaca por su sensibilidad social. Si la literatura sirvió en un tiempo para ayudar al fortalecimiento de las naciones, y a la identificación de cada pueblo, en nuestros días sigue siendo válida su utilización para ayudar en la unificación y el entendimiento de las sociedades. En este sentido, y dada la calidad literaria de esta colección de cuentos, podemos afirmar que *Bidrioz*, de Raúl Dorantes, es un gran logro.

Juana Iris Goergen
DePaul University, Chicago, 2015

CROMAGNON

Habrás de saber, Alexa, que la última tarde en Chicago miré el rostro del Cromagnon. Quisiera escribir esa palabra con una fuente elegante, acaso Franklin Gothic o Garamond, pero estoy ahora en la cabaña inclinado sobre un papel sin líneas. Bien podría ir a la cabecera municipal de Buena Vista, o incluso a Denver, mandarte un correo o llamarte al celular. No: me resisto a ingresar en la trampa digital.

Te informo que llegué a Buena Vista hace varios días. La cabaña es un desastre. Dejé un par de Snickers en el gabinete y algún osezno habrá hecho de las suyas para forzar la puerta y hurgar los entrepaños. Azúcar regada, pinceles rotos, telas rasgadas por la mitad… Te hago aquí un recuento de los daños porque pediste que describiera el lugar en el que vive tu artista devenido en monje. De acá han salido media docena de esculturas y muchos de mis óleos, *Serie de tres elementos*, *Bitácora de las estaciones*, etc., aunque —debo reconocer— solo un par vale lo que han pagado por ellos en las galerías.

Te decía que vi el rostro del Cromagnon el 10 de junio

en esa ciudad que habitas. Eran casi las ocho, tú llegarías a casa hasta muy tarde. Me animé a hacer la caminata porque faltaban dos horas para que la policía de Chicago cerrara el parque que colinda con el lago. Sobre el segundo nivel del muro de contención, el Cromagnon hendía la punta del cincel y un manojo de chispas iba surgiendo del metal y la cantera, esos contornos que habrán asustado a más de un paseante en los días que siguieron. Las piedras que picaba parecían habitarse del plasma de algún dios: una línea potente, una curva, una especie de meteorito que se estrella... A no sé cuántos pies, yo me emocionaba al mirar de pronto una voluta llena de flores o un sol azteca que sacaba la lengua para recordarnos el origen.

Ese 10 de junio no había luna. Una hora después, el Cromagnon continuaba en lo suyo ayudado por los rabos de luz que se desprendían del alumbrado público. Ahora estaba por terminar la figura de un rombo o de un león. Yo avancé tres pasos. Y como una iguana hecha de sombras, solo permitió que me acercara hasta un radio de doce pies. Me animé a cruzar el límite un par de veces, pero él, levantando sus instrumentos, retomaba la distancia pertinente. Parecía saber que hay policías encubiertos y que el vandalismo se paga con prisión. O simplemente le incomodaban los intrusos. Di otros dos pasos, la piel de su antebrazo estaba demasiado pegada al hueso, atravesé la frontera hasta quedar a cuatro pies, se le cayó un cincel y entonces miré su rostro, la mirada ida, el pavor del que ha mirado un enigma y aquel semblante en la bolsa de sus párpados.

¿Te acuerdas del primer encuentro? Descubrimos al Cromagnon cincelando una piedra a la altura de la playa Foster, un cohete espacial o algún otro símbolo rupestre. Intuimos tú y yo que ese mural litográfico se extendería hacia el norte. Caminamos lo que nos permitió la última luz del día, limpiando con nuestras palmas la superficie de cada bloque, arena húmeda, latas de Miller y yerbitas caprichosas. La luz final coincidió con la aparición de un bajorrelieve ilegible a primera vista; ya con el ojo alerta supimos que se trataba de un penacho o posiblemene del plumaje de un pavorreal. Tú dijiste: "¡Mirá que tienen gracia sus dibujos!". También dijiste que el Cromagnon tenía un plan: ir tallando las piedras de norte a sur, primero las de la playa Hollywood, después Foster, así hasta llegar algún lejano día a las rocas filosas del *downtown*. Hablaste de contactar a uno de los fotógrafos que representas, tal vez a Wilson o Ramírez, para que fuera registrando todo ese material en blanco y negro y a color, en espera de una futura exposición de arte anónimo. Pediste que imaginara la pared de una galería cubierta con graffiti, con volantes que alguien ha dejado pegados en los postes o con los mensajes con que atiborran los muchachos las puertas de los urinarios.

Pero el pronóstico fue errado: el Cromagnon no tiene ningún plan. Hallé el sello de su golpe muy cerca de la playa Lawrence: media pulgada de profundidad milagrosamente lograda con un martillo Milani de libra y media, un corte que recuerda la precisión de un bisturí. El oleaje del Michigan caía sobre un tigre de Bengala y un arco arrojando flechas. Ahí tuve una revelación: el Cromagnon esculpe la piedra que lo llama, no importa que ésta se encuentre en el borde del lago o en la cornisa de un edificio.

En ese primer encuentro, acaso por los tenis desgastados, nos pareció un lavaplatos o uno de esos jornaleros que están penetrados por el sudor. Se nos ocurrió que su pasatiempo eran las piedras, así nada más, pasatiempo. Esa misma tarde tú lo bautizaste con un diminutivo porque su cuerpo correspondía al de un guatemalteco o boliviano, a lo mucho treinta años, casado, con dos hijos, muy posiblemente indocumentado. "Solo nos falta verle el rostro", así dijiste, pero no había nada más evasivo que su rostro. Entonces dije yo: "Mejor llamémosle Cromagnon".

Ya luego retornamos a tu casa y hablamos de ir a comprar un cubo de mármol en las afueras de Chicago. Querías que yo esculpiera la estatuilla de un animal o de un objeto cotidiano, algo *pop* o hiperrealista, por ejemplo, una rana o un hidrante. "Yo la puedo ofrecer en los suburbios. Y si alguien la quiere para su jardín, habrá que reproducirla en gran tamaño". También señalaste que en tu cartera no todos los artistas eran de nivel. Y no sé por qué me di por aludido.

Alexa, tú quieres saber cómo vive tu monje en esta montaña acechada por un gato que se diluye entre las rocas. La cabaña está hecha de polines y cortezas. Hay un panel solar que alimenta de electrones dos bombillas. Además hay una letrina rústica, un par de rifles cargados a toda hora y mi viejo jeep que cada lunes me lleva a *Biena Vesta*, como le dicen los americanos. En la cabaña se come una vez al día: carne seca revuelta con huevos, una papa cocida, pescado de un río cercano. Hay que bañarse dos veces a la semana y, en lugar de noticieros, hay que mirar la noche con estrellas que tiritan.

Dices que te gustaría mirar el proceso en que el mármol va adquiriendo forma de rana o de hidrante. "Nada más romántico que pasar el verano en la cabaña, recoger setas y colgar tu ropa a la orilla del río. Estar en el espacio prohibido del artista… y a principios de agosto acompañarte a vos la bienal de Santa Fe".

También insistes en que te hable de mi ex. Karen y yo coincidimos en San Cristóbal la primera noche de los zapatistas, en una fiesta que dio un coleccionista inglés. Los dos trabajábamos como restauradores de pinturas y cerámicas antiguas, yo egresado de la Academia de San Carlos, ella con una maestría del Instituto de Arte de Boston. Entre martinis dijo que le gustaban mis manos, y a las tres semanas, acompañados de pintores y poetas, celebramos la boda en el palacio del ayuntamiento. Se ganaba lo suficiente para dejarse llevar por la bohemia, pero también fueron días desgarrados por la guerra. Karen quiso volver a su país y un 10 de abril amanecimos en Chicago. Yo no estoy hecho para el asfalto y el acero. El siguiente 10 de abril ella se trasladó a Boston y yo me vine a Denver, luego Aspen, ahí leí un anuncio de clasificados: *"Looking for a guardian for a beautiful cabin in Buena Vista"*.

Nunca imaginé que en aquella ciudad de acero estaba una uruguaya de nombre Alexa que habría de creer en lo que producían estas dos manos.

Ahora dices que quieres venir a la cabaña, "cohabitar con tu ermitaño", que juntos podríamos negociar la compra-venta y armar un estudio lleno de moldes, caballetes y utensilios. Ir a la bienal de Santa Fe, montar una página de internet y visitar Chicago de vez en cuando. No, Alexa. Yo solo quiero escribirte del Cromagnon. Vi el semblante de su rostro el 10 de junio, no era el artista sino el arte creándose a sí mismo sobre una piedra casi rectangular. Aquel semblante me hizo ver que es posible ser artista en la ciudad o en la montaña, para uno mismo y para todos, sin tener que poner dos iniciales en la esquina inferior derecha de la obra. Puedes venir. Tú sabes que vivo en Chaffee County, Colorado, tres millas al oeste de la Interstate 24. Pero no te prometo que vaya a estar aquí. En un valle de más adentro hay una roca que aún espera su forma definitiva.

Informe sobre Ayala

La mañana de su ingreso Cornelio Ayala se estuvo quejando del picor del cloro que invadía el pasillo, pero la gran novedad fue que lo eligieran rey. Lo que pidiera por ese día, de ropa, de comer, de lo que fuera. Según la terapeuta, una vez terminado el té, dijo que solo le interesaba poner por escrito un cuento. Le trajeron lápiz, papel y hasta le desempolvaron una maquinilla; luego lo dejaron. Hasta el mediodía intentó con tinta y en hojas sueltas, en letra corrida y de molde. Después subió las escaleras. Sus dedos, torpes, como lápices sin punta, intentaron meter una hoja en el rodillo de la vieja Olivetti. Ya por la tarde bajó a las bancas del jardín, y frente al grupo de pacientes abdicó, esperando —dijo— que el latido le llegara desde una posición no privilegiada. Por eso, a cambio del trono, la terapeuta le propuso un cargo más duradero: el de capitán. Y en los días que siguieron, el paciente desempeñó con felicidad su cargo en la cocina; ahí, entre *bagels* y cochambre, fue ideando un principio para el cuento mencionado.

A la primera sesión de septiembre se presentó con la

barba y el bigote despuntados. En su rostro se pudo ver una sonrisa cuando dijo que en la ciudad "hay personajes que se cuelgan": El gato, María Tampico, la calle Montrose; dijo también que ninguno lo había perturbado tanto como la muchacha del Pergolessi. No dudaba que el reencuentro con ella se daría una noche en ese café de Lincoln Park, y entonces la iría incorporando en oraciones, en líneas precisas, en párrafos logrados, hasta terminar juntos en un relato. Según él, la cuestión era hallar el tono de la primera frase; luego vendrían imágenes, transcursos y atmósferas que le permitirían a él mismo ingresar.

Tal vez para alejarse de batas y de sueros, se le veía con frecuencia arrastrando las hojas por los senderos del jardín. Se acomodaba con bloc y bolígrafo bajo alguno de los sauces e intentaba de inmediato algún inicio; por ejemplo: *Ella abrirá las puertas del Pergolessi...* Y nunca le fallaban tres o cuatro frases. *Yo estaré en una de las mesas dando sorbos a mi café.* Entonces desistía restregando la hoja. Se iba al comedor y frente a su taza de minestroni repasaba las páginas de un libro llamado *El astillero*.

En los casi tres meses de tratamiento habló poco inglés; al parecer no le interesaba. Pero en las labores de la cocina fue y vino con el checo Milos Vasek; ahí sus temas recurrentes fueron los rusos, el costo de los cigarrillos o, precisamente, algún pasaje de *El astillero*. En las noches, siempre puntual, vino por su dosis de Ativan y no dejó de tomar el té de manzanilla. Se sabe que durante el tratamiento no usó el teléfono y que evitó a toda costa la sala del televisor. Quizás fuera el único ausente de los juegos finales de Chicago contra Salt Lake City; a la hora de los *playoffs* más bien se le veía recorriendo el pasillo acompañado de la enfermera

Kurowski; él recto, murmurando sus historias, ella atenta, dejando ver el diente de oro y el ceño de su edad. Por lo demás, hay consenso entre enfermeras y doctores de que caía a la cama relajado como el grueso de los pacientes, lo mismo si había marcado su día con crayón naranja por haberlo pasado bien o con celeste por haberlo creído malo o con verde si había sido regular.

En el Saint Joseph hay quienes ejercen como daneses el único día de su reino y no la piensan tanto para pedir; otros simplemente no dejan de sentirse desdichados y —tal como sucedió con el paciente contemplado en este informe— entregan la corona antes de que se ponga el sol. Con la terapeuta también hay sesiones para ver videos, colorear o jugar al básquetbol. Sin embargo, el paciente prefería las sesiones de barañas o cualquier actividad que implicara escribir. Eso en la mañana. Y cada tarde no dejó de cumplir con su cargo en lo que él llegó a llamar "la capitanía general de la cocina". Según consta en su expediente, a lo largo de septiembre, además de hornear, estuvo de buen humor lavando platos, secándolos y poniéndolos en los entrepaños de la alacena.

Se sabe que solo en la cocina, entre dientes, estuvo desarrollando los pormenores de su recuento: *La muchacha de los aretes entra al Pergolessi, mira hacia mi mesa y provoca que el café sepa a café.* Según él, sus otros personajes habían acabado en lecturas sin público o en páginas de una revista olvidable: a El Gato apenas lo recordaban sus tres amigos lectores y a María Tampico la habían olvidado por completo. Solo el cariño por esa muchacha del Pergolessi podía llevarlo y meterlo en una historia. Quizás por eso una tarde se le vio teclear con ánimo una línea bien centrada en la vieja Olivetti: "La Noctivaga".

Es también sabido que en ese mes de septiembre, durante las labores en la cocina, el paciente comenzó a teorizar sobre el retorno a la ciudad de noche. Se trataba de volver —decía— a la hora en que hay vaho en las alcantarillas y humedad en el pavimento. Milos Vasek y otros seguramente lo escuchaban. Mas el cuerpo médico del Saint Joseph no tenía por qué temer. A esas alturas, junto con las píldoras de Ativan, casi todos los pacientes tomaban sus gotas de Mosto y complementaban las sesiones regulares con el programa vespertino de los Doce Pasos. Se sabe que el paciente en cuestión no pasó a la tribuna pero que en los ratos previos a las sesiones hablaba de las ventajas de salir de la clínica en plena madrugada.

Hoy llama la atención que el primer viernes de octubre, luego de escribir una nota sobre lo otoños en Brno, Milos Vasek se presentara a deshoras en la oficina y ahí mismo pidiera su alta voluntaria; pero entonces, de cara al cálculo torpe, el checo sintió la mano de Ms. Kurowski sobre su hombro, aceptó otra dosis y en silencio se dejó llevar. En el archivo del hospital se pueden seguir los casos de otros internos que en octubre pidieron volver de noche a la ciudad; las 11 P.M. y el escribir una nota constituyeron un patrón. Pero se debe aclarar que en este informe solo se intenta pormenorizar la salida del paciente que lleva por nombre Cornelio Ayala, de aproximadamente 50 años y de nacionalidad mexicana, ocurrida la noche del domingo 17 de octubre de 1999.

De acuerdo al video, casi a golpe de las 11 P.M., la imagen de la enfermera Kurowski aparece en la oficina yendo y viniendo del escritorio al archivero; entonces la puerta de la oficina se abre y cruza el paciente en piyamas —azules, como todas, pero en el monitor se ven como una nube gris que avanza hasta la ventana—. Y es ahí que, una vez frente al reflejo de su cara, el paciente pide ser dado de alta.

Cinco minutos después sigue todavía frente a la ventana, como mirando las matas de esas flores que se llaman "impacientes". Ms. Kurowski le ofrece por si acaso un cigarrillo, luego le va explicando que es necesario esperar a que llegue la mañana, dejar que se presente el director y que evalúe.

A las 11:15 P.M. el paciente se da vuelta, con pausas, despabilándose, como liberando el frío que ha subido del jardín, y es en ese momento que, con una voz nítida y espaciada, repite la primer frase de su recuento: *La chamaca de los aretes...*

A las 11:30 P.M. en el *parking* se estaciona el primer auto; acá en la oficina el paciente no se percata de que alguien ha llegado; simplemente se arremanga como dispuesto a no perder el hilo de su historia. Basta que sea un *janitor* o una enfermera y que distinga las piyamas para que dé aviso a la oficina central. Acá, con calma, la mano de la polaca aleja al paciente del cuadro de la ventana, lo toma del brazo, de ahí libra con él el esmalte blanco de los archiveros, y ya juntos alcanzan la puerta de la oficina.

Casi a las 11:40 P.M., la cámara del corredor capta a Ms. Kurowski y al paciente yendo en dirección a la puerta principal. El paciente se mira más despierto —como si cada frase lo despertara más—; entonces, al fondo del corredor en penumbras, se deja ver el overol del *janitor.* Se acerca, robusto, decidido, esperando una señal. Ms. Kurowski camina de frente mostrando una sonrisa; el paciente la sigue un poco más atrás, sin olvidar ningún detalle del recuento. El *janitor* se acerca, sosteniendo en alto el trapeador, pero Ms. Kurowski, con la mano libre, le pide serenidad.

A las 11:45 P.M. el paciente y la enfermera llegan a la ceja del corredor, se les ve bajando los escalones, él metido en sus frases, ella atenta al deslizar la tarjeta, el foco en verde, las hojas de la puerta y la voz que se aleja: *La chamaca de los aretes entrará al Pergolessi en plena madrugada, con ella se dejará venir una ráfaga que cubre las mesas de nieve, pedirá un café con leche, una tapadera, las personas no la verán porque se encuentran sumidas en la tira de neón, y en mí nacerá el deseo súbito de conocerla. Entonces la chamaca entrará al Pergolessi, los clientes la mirarán pidiendo su café, la tapadera y el doble vaso de unicel, lanzará por un instante el brillo de sus aretes hacia mi mesa, sin perder tiempo me pondré el suéter y la chaqueta antes de ir hacia la puerta. Y cuando ella lance el brillo de sus aretes hacia mi mesa, dejaré el suéter y la chaqueta para hacer más corto el camino a la puerta. Serán tres cuadras en que de los reflectores bajarán los copos de nieve, ella caminará entibiando cada cinco pasos sus labios con el café, luego se meterá al que me figuro su edificio, la puerta entreabierta, un foquito al fondo, periódicos a los pies de una escalera, aguardaré en la banca del bus y me daré cuenta de que la luz no agrede, que el frío tiene su olor, que Lincoln Park es el lugar. A media cuadra veré entonces las medias moradas de la chamaca viniendo del Pergolessi, pasará justo enfrente dando un sorbo a su café, apenas una mirada hacia mi banca, dará vuelta en la Sheffield y a un cuarto de cuadra se meterá al que supongo su edificio, la escalera ahí como naciendo de una pila de diarios, en el segundo piso se prenderá una lámpara, entraré, los escalones angostos, crujientes, la madera carcomida, la creolina, trece pasos en ascenso que me llevan a la bandera rojinegra que hace las veces de puerta. La muchacha de los aretes habrá prendido velas y para entonces ya habrá terminado su café. Arreciará en mí la necesidad de conocerla, me pedirá que me siente entre ceniceros, ropa y libros de poemas, junto a ella, en un inglés comprensible, pedirá que le llame hormiguita, su voz no la escucho pero la siento y el miedo entonces me va sombreando. Busco la bandera para irme... pero no, ahí con ella me quedo.*

Se sabe que meses después este relato fue publicado en la revista *zorros y erizos* y que la enfermera Kurowski —ya inhabilitada de su cargo por saltarse el protocolo— llegó a un café del barrio y recogió varios ejemplares.

LA NIÑA DEL PRESIDENTE

Es normal que en el oficio de redactor de notas prevalezca el "dijo" o el "fue". Igual puedo decir del que escribe historietas para niños. Pero yo siempre quise ubicarme en el presente simple, y por fin se me dio al ingresar a esta casa de Sheridan. Lo que sigue siendo un desatino es que no haya podido utilizar el punto y coma. La coma y el punto, hoy sé, van de la prisa a lo tajante. El punto y coma, en cambio, es la medianía que no logré, la distancia sugerida en los manuales. Todo esto lo paso en limpio mientras Latasha coloca a Manuel en la silla más soleada y mientras lo va amarrando con un cinto para que no se vaya a ir de trompa.

Are you comfortable, baby? Sure?

En esta casa de Sheridan el problema ha sido el uso excesivo del futuro, un "habrá" en cada papelito sobre el pronóstico del clima o de lo que vamos a comer hoy. Aquí estamos. En la terraza salió el sol y ya se avivan los cerezos. Mientras haya Pall Mall's, a nadie le importarán los pronósticos ni la reja que recién levantaron en la parte que da a la calle. Manuel bosteza y se distrae con los aviones que pasan sobre el lago. Le pido que se deje de aviones, que siga con la historia que dejó a medias la mañana de ayer. Se trata del vacío de poder que vivió San Juan del Río, municipio no lejano de la capital mexicana.

Como ha de constar en los libros —me dice—, el presidente municipal de aquel entonces no se presentó a su oficina un segundo jueves de abril. La puerta se hallaba cerrada, sin ninguna nota y sin que ningún funcionario diera razón. En la casa tampoco había noticias suyas, cosa que ya trajo preocupación a los nueve regidores. Habrán esperado durante horas bajo la insignia del ayuntamiento, y a golpe del mediodía, luego de forzar las hojas de la puerta, han de haber encontrado la carta de renuncia sobre el tablero y las fichas del juego de Monopolio, un par de párrafos en los que daba como única razón el seguir los pasos de su joven secretaria.

Se habrá girado una orden de aprehensión a las agencias gubernamentales —preventiva y judicial—, carácter urgente, una nota con foto en el *Noticias* y otra más escandalosa en *El sol*: hombre de saco y patillas, copete con fijador, muchacha de pelo crespo, blusa y tobilleras de plantel escolar... El estupro tenía agravantes: que en la seducción se usara dinero, por ejemplo, o que el infractor ocupara cualquier cargo de los llamados "públicos". Por lo menos serían diez años de comidas y horarios repetidos en la cárcel nueva de San Juan.

Talking to yourself again, baby?

Le recuerdo a Manuel que otra vez cayó en el uso del pasado. Que estamos aquí, entre árboles de cerezas o de manzanitas rojas, no lo sé, en una terraza con sillas de la Sheridan Home, tratando de recobrar el "es" y de paso el mesurado punto y coma. Como si le adivinara sus pesares, Latasha se acerca a Manuel y le va poniendo los pies sobre el taburete. De la puerta ya sale en andadera el fumador de Indiana, luego la flaca que no aguanta ni la radio ni el televisor. Adentro solo se irán quedando los que durante horas se lavan las manos o los que se orinan en los pocillos del café. Imagíneme —me dice— sobre una hoja de papel fungiendo todavía como secretario apuntador de cinco alcaldes. De un trienio a otro había sido cosa de repasar discursos en cualquiera de los escritorios de atrás, una torta de jamón a la hora del almuerzo, una cocacola extra pasadas las dos. En opinión de las familias históricas, se trataba de un burócrata fiel, contento siempre en su silla de cuero, sin duda un acomedido gutierritos, una especie que, como las cucarachas, sobrevivirá el fin del mundo. Entre los demás funcionarios había esa desconfianza que ocasionaban los hombres que no se emborrachaban los viernes en El farol, La escondida o en antros de menor nivel. Solo les hacía gracia que, en alguna efeméride, aquel tipo de anteojos anchos supiera declamar el poema de Garrik o que supiera guardarse mejor que tantos las ganas de llegar a regidor.

La novedad se dio en la sala de cabildos. Al frente de una hilera de mesas donadas por la cervecería Corona, estaban de guayabera y botas los sempiternos miembros del partido. A eso de las nueve, los rayos del tragaluz burlaron el humo y cayeron con filo sobre las mesas. Y será el sereno, pero esos guiños alargaron el consenso. Pronto, los tres dirigentes se empezaron a echar en cara algunas cuotas y fue surgiendo la intransigencia: o es mi candidato o ninguno. Se siguieron las palmadas a las moscas y una retahíla de palabras malas, eso sí, sin perder jamás el "usted" o el "mi buen". Así, entre las tazas y los ceniceros se fue abriendo una brecha por la que se supo colar una propuesta: "Uribe, Manuel; 48 años; oriundo de esta ciudad de baldíos y fábricas sin chimenea". No podía ser otro, nadie más era neutral. Y ahí mismo, ausente de cualquier solemnidad, Manuel aceptó la candidatura a la alcaldía. Era el primero que no portaba uno de los grandes apellidos.

Hey, what are you talking about, Manny?

El tramo de Sheridan empieza a despejarse. Pocos son los minutos del *rush,* el humo del bus que espera al viento o una mujer que toca el claxon para ver si el semáforo cambia de una vez. Aquí en la terraza, el sol ya nos entibia el lomo, acaso con la esperanza de que el mismo sol nos despierte el hambre, o de que prendamos un cigarrillo más... Yo sigo cavilando sobre el uso del punto y coma, el único signo que se aprende sin profesor. Manuel baja los pies del taburete como para escuchar mejor el ruido de otro avión, otro que rompa la plana azul del lago.

En su primer año, el presidente se preocupó por reparar los sistemas de agua, por apoyar al deporte en sus dos ramas y por inventarle un héroe a la ciudad. Ya en el ámbito del partido, intentó renovar el trabajo de los líderes y sus sectores respectivos: laboral, campesino y popular. Ellos, por supuesto, no se dejaron. Manuel entonces favoreció el establecimiento de otra dirigencia. Este giro fue considerado una traición. Pero tras un breve discurso en la plenaria anual, los tres históricos fueron renunciando a sus puestos referidos.

A principios del segundo año optó por quedarse más tiempo en la oficina. Había que cuadrar los presupuestos y contratar al nuevo personal. Fue entonces que se cruzó con la foto y la solicitud de Oralia. En los rasgos de esa muchacha estaba velada, casi oculta, su propia felicidad. Ya durante la entrevista le miró los pómulos prominentes, esa expresión familiar, 16 años, el rostro ávido, uniforme del colegio Centro Unión, los labios respondiendo que tenía dos años viviendo sola, justo el tiempo que tenía su madre trabajando de doméstica o cuidando niños en Canadá. Y a Manuel no le quedó duda de que en el rostro de Oralia estaba el rostro de su madre.

Are you OK, baby?

En la terraza nadie mira a Latasha, a nadie le cae bien. Y Latasha tampoco los quiere a ellos, incluso a los propios negros que se juntan en el corredor. Solo a Manuel le vuelve a colocar los pies en el taburete. Es un ritual que tiene sus variantes cada mañana. Hoy le soba por encima de los calcetines hasta la altura de las pantorrillas. Manuel se deja: los masajes cortos valen lo que una coma; cortos y lentos, dos puntos; largos y en círculo, puntos suspensivos. La idea de nuevo es llegar al punto y coma.

You like it? Do you feel better?

Oralia tenía los modos de la edad. Por eso de pronto hubo rosas y canciones de Los Bukis en la oficina. Resguardado por los muros, el alcalde se fue tornando juguetón. Detrás de la puerta de cedro, entre el tecleo y el rumor de las reuniones, se comenzó a oír el chasquido de los dados. "¡Hipoteca!" o "¡lo compro!" eran de un casillero a otro las palabras. Los pocos funcionarios que llegaron a servir de banco nunca entendieron por qué tantas ganas de comprar el manchón de Alberta. El alcalde simplemente ponía su ficha. Ella arrastraba la suya por Orlando, por Chicago, daba un rodeo a la altura de Detroit y seguía hasta el trapecio irregular que correspondía a esa región de Canadá.

Eran tiempos en que Uribe no dejaba de andar firme en el municipio. Había obras de drenaje y el monumento prometido en construcción. Por eso los regidores y funcionarios vieron con cierta indiferencia que la muchacha impusiera en la oficina su propio modo de amueblar, o que siguiera usando tobilleras escolares cuando las demás secretarias traían medias y falda como por deber constitucional. Es decir, poco les importó que con fichas y billetes falsos la niña continuara transportando al presidente en un avión miniatura. Y solamente llegaron a sostener la respiración cuando en medio de un juego, ella se le aventó con los brazos abiertos hasta darle un abrazo y hacerlo caer al suelo. Lo peor para muchos fue que el rostro del alcalde se iluminó de tanta risa. Las familias históricas fueron las que sí aprovecharon la oportunidad: hicieron correr el rumor de un embarazo y en los muros que albergaban al ayuntamiento llegó a aparecer una pintada con las palabras "depravado, infame, pervertido".

Manny! It's time to take your pill! Cranberry juice? Water? You again with your little notebook?

Pero Manuel de veras perdió piso cuando Oralia dijo que no podía seguir viviendo en esas hectáreas de tierra y aguas que en los mapas conformaban los límites del municipio, San Juan del Río, un área cada vez más sofocada por las tres familias. En contraste, no estaba la capital del país sino obviamente la lejana provincia ubicada en la parte superior derecha del tablero: Alberta, provincia de Canadá. Con la carta amarillosa de la madre, dijo que en aquellos paisajes, entre montañas y villas verdes, sí le iba a ser posible armarse de nombre y apellidos.

Y en ese segundo jueves de abril, la niña y el presidente

ya estaban lejos de San Juan, sin duda perseguidos, pero de ningún modo perdidos. La acusación sería también de fraude. Eso explica que hacia al norte se hayan ido pueblendo, en taxis y camiones, con lentes oscuros y gorras de béisbol. No había duda de que los irían persiguiendo hasta la frontera, y no para arrestarlos sino para que jamás volvieran.

Are you ready for breakfast, guys?

Porque Manuel Uribe llegó a ser la gran esperanza, algunos regidores —los que de verdad creyeron en los tiempos nuevos— se habrán ido de San Juan del Río también a la secreta. En lo inmediato, solo las tres familias cerrarían filas para ir recuperando el control de la Junta de Cabildos y para darle vigencia a cada contrato de construcción, incluyendo, claro está, el entubado de las aguas podridas.

Come on, guys, your breakfast is on the table!

Me dice Manuel que a estas alturas lo del uso del presente ya no tiene sentido. Que nomás siga su dictado, y que tal vez en algún momento el punto y coma... Sobre la Sheridan pasan las bicicletas, dos camiones de mudanzas y uno que otro peatón. Acá, en la terraza, el calor calienta y nadie se anima a pasar al comedor. A las diez vendrán los niños con el reverendo, habrá oraciones, salmos cantados y entonces sí la campanilla.

Para cruzar la frontera de Matamoros a Brownsville casi vaciaron sus bolsillos. Él fue empujando la rueda de hule que llevaba a Oralia de un lado a otro del río. Ella lo amenazaba con bajarse a la corriente, como una chiquilla inquieta, como si estuviera jugando en un chapoteadero. Ya el domingo, para complacer a Oralia, se desviaron hacia Orlando, y fueron dos días de toboganes y comidas con *cheddar cheese*. El martes estaban atravesando las Carolinas, las cumbres y los valles de Ohio, en Indiana ni una sola pulgada de tierra sin sembrar. Él miraba el progreso con su porte de funcionario puntual. La niña dormía sin dejar de agarrarse de su brazo, apretando de más, como lo había hecho su madre 17 años atrás.

El miércoles llegaron a Chicago. Despabilándose, salieron de la estación Greyhound. A la altura del río ya estaban considerando trabajar un par de meses para después, con lo ahorrado, cruzar la frontera de Canadá y subir definitivamente a la provincia de Alberta. Aquí en Chicago, Oralia trabajó de cajera y en las tardes fue aprendiendo inglés. En Manuel el inglés no entró. En cuanto al trabajo, intentó en la cocina de Il Convito y en otros restaurantes del *downtown*. Ella culpaba al saco gris y a la corbata con fistol. En la factoría sí se lo permitieron debajo del uniforme azul, y entre mesas y compresores volvió a declamar "Reír llorando".

El objetivo seguía siendo Alberta, pero aquí se les fueron acumulando algunos trastes. Y Oralia fue cambiando: ya no fue el inglés sino las clases de *GED*. Vivieron en la Balmoral y cerca de la Devon, pero Manuel iba a un bar del sur en el que no faltaba alguien que le reconociera su grado de alcalde o de *mayor*.

What's wrong, Manny? Aren't you gonna eat?

Luego de la Amnistía, ya se iban para Alberta; pero a Oralia le dio por salir con un muchacho. Y en cosa de meses se embarazó. Manuel le preparaba licuados de mango y los complementos de calcio y hierro. También se encargó de llevarla al hospital. A la sala de partos sí se presentó aquel muchacho. Y en menos de una semana se casaron. Mientras los aros de los ojos se le iban tornando grises, Manuel se tuvo que entretener con paseos en el bus. Vinieron los sábados de Seagram's 7. Luego se le agregó el domingo con otro tipo de *whiskey*. Lunes y martes también. A principios de los noventa, limpió su *locker* porque cerraron Acme Die y se vino al primer hogar que se le atravesó, cinco escalones, una hoja de ingresos y la tarjeta del Medicare. Calificó. Después ya no, y había que mudarse a la Sheridan Home. Acá, alguien de la oficina le preguntó por el uso de los acentos y entonces volvió a escribir... Por diez años se ha encargado de las notas en español del boletín.

Manny, I am really mad at you! You haven't eaten a single bite.

Latasha lo ha vuelto a colocar bajo el cerezo. Serán ya las 11. Manuel levanta la cara y no ve pasar ningún avión. Sé que hoy es jueves y que no vendrá Oralia con su esposo y sus hijos, Efrén, el mayor, y Manolito quien, además del nombre, tiene el rostro seco y los ojos achispados del abuelo. Éste es el dictado sobre el edil de un municipio que lleva por nombre San Juan del Río, fundado en la primera época de los españoles, 120 kilómetros al norte de la capital. Acepto que no se me da el punto y coma. Alguno de los dos —no importa quién— agarra papel y lápiz y coloca el punto y aparte. No existe el punto final.

BIDRIOZ

La cosa es que soy una mujer latina que nacio en Cd. Juárez. Desde niña siempre vivi con mis padres, a la edad de 15 años conoci al papá de mi hijo y me fui a vivir con él. Despues tuve problemás, no sabia lo que queria, ni uno ni el otro. Me fui a la casa de mi mamá cuando estaba embarazada, pero él me hablaba por telefono y me mandaba dinero para los gastos. Hasta despues de 4 años que pasaron fue a México y me vine a Chicago con él, aquí hicimos vida. Empese a tener problemás porque no nos sostenia. Fui a solisitar trabajo a una pizzeria, tres meses estuve en lo que es el horno. Al principio me gustaba agarrar pizza. Luego ya no, porque yo prefiero la comida. En la pizzeria conoci gente del delivery que le gusta tomar y hacer drogas. El padre de mi hijo tambien hacia drogas. Una vez que salimos a comprar me cacho la policia y nos trajo. Él estuvo un mes. Yo estuve tres dias, pero no sirvio de nada. Había veces que yo queria cambiar pero llegaba el padre de mi hijo y no nos importaba si había comida o leche en el refrigerador. Otra vez fuimos a la Jewel a robar, resulto que me agarro la policia y ya estuve dos semanas. Conoci a muchas mujeres en mi mismo caso. No le deseo a nadie estar aquí, no haces nada, estas a lo que te digan o te manden. Despues prometi no venir más y empesamos a trabajar de metaleros en una fabrica de Marquet Park. En la fabrica todos eran pericos y no tardó el papá de mi hijo en compartir el lonche con los demás. Yo no porque tenia probatoria, o sea tenia que venir a reportarme cada mes y tener que estarme chequeando la orina para haber si no hacia drogas. Todo bien. Un dia vine y me hicieron el test y salio positivo y me mandaron a corte. Por miedo a que me arrestaran no fui a corte. Empese a cambiar mi manera de vivir llendo a trabajar en una tienda de chocolates del dantown. Fue alli en ese trabajo que conoci a un muchacho, me gusto su moda y anduve con él de novia un tiempo. Lo empese a querer, él fue que me pidio que me pusiera un anillo, pero me puse dos, uno en el ombligo y otro donde él queria. Tambien me dijo que era bien facil hacer negocio en las oficinas. Un dia él estaba rolando unos gramos entre la gente del Prudential o de otro edificio, no me acuerdo, yo venia sola por la Ashland, me pase un alto y me paro la policia. Y como tenia probatoria pendiente estuve aquí dos meses, era la tercera vez. Fue muy aburrido. Yo trataba de leer las revistas que mi novio me mandaba por correo porque como casi no se ingles no podía leer las que nos pasan. Hubo más veces, pero bueno, le dejo la primera parte del resumen de mi vida, de una mujer latina que pensando en el progreso se vino a los Estados Unidos.

El verano pasado acepté este trabajo en el condado de Cook. Es por dos meses, de lunes a viernes, tres horas por día solamente; no está mal el pago y ofrece algunas prestaciones. La idea es alfabetizar a las chicas hispanas. Hasta hoy solo les he pedido que lean los cuentos de Eva Luna *y que escriban; así les voy explicando la acentuación y algunas reglas de ortografía. La puntuación viene después. No es fácil que aprendan a esa edad. Sin embargo, les puedo asegurar que algunas ya van entendiendo la idea de lo que es una oración.*

Soy jubilada y lo del Cook County es tan solo un free-lance. En mis ratos de ocio, me vengo a Lincoln Park con el fin de escribir cuentos; pueden ser infantiles o para gente de cincuenta y cinco. Aparte de mi té de manzanilla, me hago acompañar por un lápiz pasta y un cuaderno. Sé que es importante un buen comienzo; porque los comienzos dan el tono. Sé también que todo final tiene que ser feliz, aunque muera la protagonista. Trato, eso sí, de no escribir bajo el peso de la emoción. Todo este decálogo se me ha quedado desde los días en que nos dieron un taller de creación en el Liceo O'Higgins de mi ciudad natal.

Señores de la Hispanidad, supe de este certamen a mediados de abril. Y al tiro me puse a escribir algo que encajara con las bases: "Se convoca a los escritores y escritoras de habla castellana...no más de tres mil palabras...". En mi juventud participé en un concurso organizado por la Municipalidad de Valparaíso; la verdad que sí esperaba por lo menos una mención... Vinieron entonces los sucesos políticos que ustedes bien conocen y mi marido tramitó el asilo para que, junto con varios compañeros del sindicato de profesores, nos fuéramos a vivir un tiempo a Bogotá. A mi paso por Colombia mandé un par de cuentos a la revista literaria Contratiempo, *que por esos días tiraba sus mil copias y se distribuía en cada librería de la ciudad (el menos es lo que me decían); en fin, mandé mis cuentos y los editores aquellos jamás los publicaron. Sí llegué a pensar en ir a reclamar el retorno de los originales, pero ya nos había llegado la visa de la embajada esta-*

dounidense... Ahora quemo un cartucho más en este certamen de Chicago, que me viene de lo más bien.

Como no tengo más que dos comienzos, les he pedido a las cuatro chicas que me vayan escribiendo su biografía. Todas son buenas para hablar, pero el curso no consiste en eso. Si escogí la biografía de la Luqui Ortiz es porque solo en el texto de esta chica se transmite temperatura humana. Lo del artificio es cosa mía, y ella lo ha aprobado. Le he dicho que si termina su historia para el 15 de septiembre la vamos a mandar a este concurso.

Todo lo que me paso ese lunes esta de pensar. Me estaba volviendo loca, más de lo que estoy. Me levante como eso de las 5 de la mañana para tomar agua. Cuando iba de regreso al cuarto siento un aire que me pega en la espalda como si me hubiesen aventado. Me pegue en el lavabo justamente en la cabesa, mire estrellitas no se lo puedo negar. Pero me acoste otra vez y mi alarma sono a las 7. Me levante, le cosine huevos con jamon a mi hijo, lo aliste para empesar la rutina del diario. Lo fui a llevar al daycare para despues ir a mi clase en la escuela Canella. Para entonses llevaba 900 horas de estilista los de cortes y rayitos, me faltaban las horas del manicure, ese lunes nos iban a hablar de las uñas con padrastros. Cuando pase a la gasolineria me doy cuenta que mis placas ya no estaban. Ese lunes iba a ser todo un calbario pero de pronto vi al hombre de mis sueños. Ver a mi novio era la primer cosa buena, fuimos al Cuatro Caminos por una soda. Alli me volvio a decir que nos fueramos pa California. Su idea era llevarnos a los dos, alla en Los angeles lo iban a operar porque ya tenía la naris medio perforada. Regrese a mi casa porque de la emosion se me fueron las ganas de ir a la Canella. Pero justo habia vuelto de México el padre de mi hijo. Traia troca y dinero, de hecho estaba sobre la cama echando tanteadas con billetes de 20 dolares, luego vino, tiro una linea y nos pusimos a mano. Asi estubimos todo el dia. En la noche nos fuimos al Pantano. No soy supertisiosa pero esa noche creí que si estaba salada, nos agarro la policia. A él le dieron diyuai y a mí me trajeron aca, me quitaron los dos anillos y me dieron el uniforme. Cuando vienes de vuelta alla bajo te quitan la ropa, te chequean los tatus y te preguntan por las gangas. Despues te llevan a revisar el I.D. Cada vez que regreso los oficiales me dan diferente cuarto pero siempre el mismo I.D. Las compañeras aquí hay veces que se pelean por cualquier cosa, sobre todo cuando viene una de regreso. Hasta donde yo me acuerdo fue en tiempo de lluvias, nos dejaban ir al patio y algunas corrian para quedarse bajo el agua, yo trate de mojarme varias veces y la lluvia no hiso nada. Sali rapido, como a los ocho dias busque a mi novio en los edificios del gobierno y en los hoteles del dantown. No supe si se fue pa California. En la casa volvimos a estar los tres, mi hijo entro a un preschool donde hay más niños americanos, su papá lo llevaba y yo lo recojia. Entonses fui a pedir trabajo en la telefonica de don Francisco, dijeron que no sabia ortografia pero que tenia bonita vos. Me dieron el training y empese a las dos semanas como vendedora, 10-10-1-2-3 mi nombre es Lucrecia Ortiz de Americatel usted llama larga distancia verdad? A una le pagan por comision y a veces no deja, lo bueno es que a los de la oficina de arriba también les gustaba la caspa y yo les ayude a conectar varios gramitos entre las muchachas. Me corrieron a los seis meses y en la casa ya no nos alcanso el dinero ni para ir al Aldis. Había veces que el padre de mi hijo hasta me queria mandar a prostituirme para agarrar dinero pero algunas veces me hise fuerte y no le hise caso. No se la hago larga, vino la quinta vez y ya me dejaron aquí.

Estoy en Lincoln Park. El viento apenas sopla, y de seguro empieza pronto la garúa. Nada de aguaceros. Lo digo porque los veleros no se preocupan por el regreso. Acá en los senderos empiezan a abrirse los paraguas. Yo tengo suficiente con el impermeable... Dije que ya tenía dos comienzos; en realidad, no he escrito nada durante varios años. Enseñé español a los americanos; luego impartí mis cursos de literatura en el Colegio San Agustín en los tiempos del reverendo, que fueron los mejores. En fin, si me acerqué de nuevo a la creación es porque aquí en Lincoln Park he visto a mucha gente hablando sola (algunos con celular, debo aceptar). Yo también me sorprendí haciendo lo mismo junto a la rotonda de Lincoln, y acaso como terapia me puse a escribir este relato.

Respecto a la Luqui, debo agregar que el pasado viernes la llevaron por vez primera a Corte. Yo me presenté y fui a sentarme junto al vicecónsul mexicano. Ella entró a la sala, maquilladita, con las respectivas esposas pero sin la cotona naranja que visten a todas horas. Si desde el principio la noté contenta es porque atrás de mí estaban su pololo y el padre de su guagua. Tal vez por eso no habló de más cuando le dijeron que el niño había pasado desde junio a la potestad del estado de Illinois. De paso, le cayó bien a la juez.

No sabia con quien iba a haser mi vida. Al final del corredor le dije al abogado que me dejara un poco mas aqui para tomar una decision. El abogado me dijo que no dependia de él y con la mano me hiso bye, me fui con las guardias a cambiar de ropa, no iba sola nunca vamos solas. Las compañeras se enojan porque a veces nos ponemos el overol anaranjado y las guardias se nos quedan viendo, yo no podía enojarme. Subi a mi cuarto para contarle a alguna de las muchachas, nos laquearon a las nueve, me dormi y me lo guarde dos dias. Hoy fuimos al servicio y luego nos permitieron ir al patio, estaba lloviendo y en ese rincon del patio le conte a Marissa lo de mi novio y del padre de mi hijo, que los dos me comian con los ojos el dia de corte, le dije que el padre de mi hijo se llama Juan Ramón y que mi novio se llama Pedro pero que le dicen el Chalina. Ella me escuchaba y no se de donde Marisa sacó una bolsita y me ofresio de fumar piedra, ella que habla de angeles y arcangeles y que dise que decreta a la luz violeta, yo la verdad que no queria pero vi que no era bueno no querer y le jale.

Como las chicas se devoraron Mango Street, *ahora les he dado a leer* Como agua para chocolate. *Quiero que se llenen de literatura. La Luqui me preguntó que si lo que estaba escribiendo era un cuento o una novela. Un cuento, le respondí. Quiso saber más. "Siéntate, siéntate, y escuchen las demás; un cuento es como un destello o un golpe de oreja", y por más que le di vueltas ninguna de ellas entendió. Les dije entonces que el cuento es un zurco y la novela todo el campo de maíz. También les dije que un cuento tiene que ser redondo. Claro, nada de esto es mío, que no se lo creyeran. La Luqui prometió escribir un poco más y ahí luego me apretó las manos. A pesar de todo su ajetreo de vida, tiene la piel muy suavecita.*

El juevez que recien paso vinieron los dos a diferente hora, Chalina a las once y Juan Ramón a las 12 y media. Creame cada uno de ellos puso la frente sobre el bidrio y agarrandoce del telefono me dijieron asi de sopeton te quiero. Mi novio bajaba y subia sus ojos por mi cuerpo y hasta dijo que como regalo de navidad me iba a llevar pa que me lebantaran los senos un poquito. Me gano el rubor, nos despedimos y asi atraveze el patio del penal seguia lloviendo, era una nube de las de paso. Una de las negras que se llama Condolisa se estaba empapando bajo la canasta de basquetbol. Se supone que no devemos mojar los uniformes pero ella lo estaba haciendo. Camine hasta Condolisa. Desde chica camino bajo la lluvia sin mojarme, como si tuviera repelente. Mi papá me llevo con una señora de Juárez cuando yo estaba en la primaria y ella le explico que el fenomeno no era de su competencia, tambien le pregunte a un sicologo que trabaja en el Valor y yo creo que me tiro de loca. Con la nieve y el graniso tambien pasa. Ya en la tarde fui con Marissa, le conte lo de las promesas de matrimonio, le jalamos otra vez y nos cacho esa guardia que le gusta buscar bronca, lo que pasa es que se traen conflicto entre ellas y a nosotras nos toca pagar el plato. Nos llevaron a la oficina. Rapido levantaron un acta. Le llame a Chalina y Juan Ramón para que hablaran con el abogado, no me contestaron. Despues de la clase la voy a molestar a uste para que les vuelva a llamar de parte mia. Gracias de antemano por el favor. A mi me gusta su clase, a las demás no tanto por eso habia diez al principio y ya se han ido saliendo. Uste dice que voy aprendiendo a usar las comas, lo que nunca voy a entender es porque va una m antes de la p o porque hay una silaba más fuerte. Las muchachas se frustran, yo no. Porque aquí hay tiempo para escribir y hasta para ver como nos va surgiendo cada alergia.

Hoy de nuevo vine a mi banca de cada ocho días. Y puedo decir que lo que aprecio de la lluvia es un viento que desde temprano anuncia. Aquí en Lincoln Park me pude haber encontrado desde mayo un amigo, cosa de comprarse una correa y un perrito, como en 101 dálmatas o La noche de las narices frías *(escojan ustedes, señores del Jurado, el título que más les guste). Las chicas* del Cook County *me preguntan por mi marido. Les digo que hace quince años tomó el avión de United, de regreso a Chile, para ir a enterrar a su viejo, y ya pues, lo que son las preferencias: decidió quedarse con la madre. Eso les dije esta mañana. Vino después la media hora que dedicamos a la ortografía, y la verdad que con las chicas no hay remedio. Mejor me puse a declamar, pues a ellas les gusta que lo haga. "Del nicho aquel donde los hombres te pusieron, / te bajaré a la tierra humilde y soleada..." Les digo que no se me vayan a confundir: el cuento, aunque sea de hadas, no debe sonar como esta declamación, "el cuento es cuento, señoritas".*

Sobre todo a la Luqui le pido que escuche mis consejos, hasta que encuentre su propia voz. Como que me da por mi lado y en un descuido me pregunta si extraño Valparaíso. No, le digo. Y al tiro insiste que hable de mi marido, de su nombre y su signo zodiacal. Insiste también en saber si he tenido después un "amigo". Yo le digo que acá en Chicago está mi paraíso.

Juan Ramón se fue un tiempo a Sinaloa. Y justo hoy a la hora de la hora viene mi novio encachimbado, como de Chicago me van a mandar a Peoria aplasto los labios sobre el bidrio de la cabina, el beso fue de despedida. Sali de la cabina sin guardias sin nada, como una automata, ya se me fueron los dos. Melissa para que no ande de capa caida me dice que Chalina es un carita y que Juan Ramón un bueno para nada. Pero eso no es todo ahora viene uste a decirme que ya es la penultima clase del curso de redaccion. Se animo por eso a hablar de Chile, nos estraño a nosotras que no supiera nada de Los Angeles Negros. Le escribo esto desde mi cuarto, yo no le digo celda como Marissa, para mi es un cuarto salpicado de pecas donde pongo una piedra de amatizta, la foto de mi hijo, de mis dos señores y un poster chiquito de Los Tigres del norte. De abajo suben los gritos de las que adeveras son escandalosas, ni parecen las mismas que van de mañana a las sesiones del Good Shepard. Es todo, Melissa dice que entre uste y yo hay cachondeo. Y es verdad, si no fuera porque no se puede le hubiera dado un beso alli en la esquina de la biblioteca.

Señores del Jurado: Asistí, como les dije, a los talleres del Instituto Bernardo O'Higgins, de Valparaíso. Mandé sin buenos resultados un par de cuentos a esa revista de Bogotá y aquí en Chicago en vano intenté escribir algún comienzo. Desde hace un mes me le he juntado a la Luqui Ortiz para ver si entre las dos. Lo de la autoría, no importa. Tampoco lo de las más de tres mil palabras. Todos estos son párrafos que simplemente pongo a su generosa consideración.

Espero que este bien y que le llegue la presente carta al domisilio que me dejo. Es el parafo que faltaba, ayer pense en uste el rato que duro el eclipce. Mañana nos llevan a Peoria, Illinois, vamos juntas Marissa y yo. El verano que viene uste va a regresar y en el curso va a conocer a otras Luquis, a otras Melissas, a otras Ivelis y tampoco van a tener remedio. No es un reclamo, solo le recuerdo que por la prisa no hablamos nunca del titulo del cuento, dijo nomás que tenia que ser efectiva o efectista, yo no se ni quiero recordar. Talvez nos sirva la frase de una tlapaleria de Ciudad Juárez en la que trabaje, Bidrioz lo escribimos mal pero los colocamos bien. Entonces se va a reir.

Uno de Marlboro, muchachos

Justo a las cinco un señor de gabardina se detuvo frente al menú del ventanal. A Gretchen se le dibujó una sonrisa de gerente y de mi parte, como recobrando la costumbre, bajé varias botellas del nuevo *chianti*. El *busboy* hizo el amago de poner pan sobre una de las mesas y por la puerta de atrás se fue colando el olor a albahaca. Todos esperamos que sonaran las mariposas. Pero la gabardina avanzó sobre la calle Rush evitando las goteras y los charcos. Adentro, el piso de Il Convito siguió limpio, como tablero de damas, las mariposas quietas, las velas sin encender. Y mientras extendía mi mano sobre la barra, decepcionado de un presente tan plano, me dio por creer que iba por la carretera libre a Celaya poniéndole campana a otro tráiler, con placas de Nayarit, calcomanía de Seguros América, el vaquero de Marlboro a lo largo de la caja. Habría que revisar que no llevara cola. Sin cambiar de cuarta, estaría yo esperando la señal del Sargento. Sí, kilómetros adelante, en un Escort, con el celular en mano, irían el Doctor y el Sargento. Todos con el alivio de que ya estaría arreglado lo de la entrega al comerciante: la mitad en efectivo y el resto en varios cheques.

Como no había vasos que lavar en Il Convito, y como a las 5:30 sólo se escuchaba la voz de Gretchen culpando la economía, hubo tiempo para suponer que la libre a Celaya eran aún dos rayas de gis en el pasadizo de mi casa. El helecho la hacía de árbol y la pared de cerro, Héctor con un tráiler miniatura de dos piezas y yo a corta distancia en la vagoneta. Entonces nos gustaba llamarla "carretera libre" porque, según nosotros, en las de cuota no había burros atravesados ni carriles estrechos y era imposible hacer eses. Y lo que tenía chiste eran los percances, acosar al tráiler junto a la columna y atorarlo finalmente en el hoyo de la coladera. Era divertido tirar con escándalo alguna mata, realizar la rapiña de dulces y remolcar las piezas sobre la pista. Héctor permanecía boca arriba, con los ojos fijos, haciéndose el conductor muerto. Y justo cuando la vagoneta llegaba para recoger el botín, escuchábamos el grito de mi mamá que nos recordaba la tarea. Héctor se levantaba sin mayor problema, desempolvándose las rodillas, al fin y al cabo lo del pasadizo era un juego. Yo en cambio me quedaba una hora más sobre la pista, no había por qué darle importancia a la clase de Lenguas o Naturales.

En Il Convito cayó la luz sobre el pelo de Gretchen. Y serían las seis en el reloj del mapa cuando escuchamos el timbrazo del teléfono: la esperanza de que alguien llamara para reservar una mesa. Era el cuarto día que a los meseros se les escapaba hablar mal de la comida y al cocinero echarnos en cara el servicio de los de enfrente. Solo nos servía como consuelo que el restaurante de al lado estaba igual, vacío, o que la gente afuera caminaba con un aire feliz. Gretchen colgó el teléfono, un tanto ceñuda, como cuando la hostiga un cobrador. Pisando los cuadros negros, vino a la barra y pidió que pusiera algo de música. Estuvo esperando el sonido del violín, ocho o diez segundos frotándose las manos, lisas y largas, como hojas de eucalipto. Cada quien, por el rabillo, siguió su angustia, no se podía hacer más. Y ahí mismo entró una pareja que nos hizo valorar la jarra de hojalata, el vaso con hielos, los segundos en que el vaso se fue llenando de agua. El *busboy* trajo la bandeja de pan y los ajos al horno, y yo puse una botella de *chianti* en la hielera. Gretchen habrá creído que empezaba la temporada, pues de nuevo se acercó para revisar el *stock* de vinos y licores. No supo qué pensamientos corrían de este lado de la barra. Héctor y yo volvíamos a mirar el pasadizo, ya con un foco de 40 vatios, sin helechos. Atrás había quedado la primaria, la secundaria. Ahora debíamos estar en la prepa y la pista estaba a punto de volverse cierta: la pared, cerro; los carritos, carros; el gis, pintura sobre el pavimento. Todo porque la pensión de papá se había vuelto cosa de risa. En la memoria seguía fresco el primer otoño sin dinero, la mañana del desalojo, el día en que fuimos a Aurrerá y agarraron a nuestra madre echándose a la bolsa un queso Caperucita. Era difícil para nosotros comer Cotija o comprar tapas de jamón. La familia estaba realmente venida a menos. La opción nos la ofrecía el militar, sargento degradado por insubordinación, el único en la familia que en cosa de atracos ya sabía escupir por el colmillo.

La pareja pidió precisamente *chianti*, la botella. También brochetas, alcachofas y creo que *fetuccini* a la primavera. Alternaron la comida con caricias, y a petición de ellos, Gretchen me pidió que pusiera el CD de las mejores barcarolas. Ya era de noche cuando vino hasta su mesa el cocinero. *"Congratulations!"*, le dijeron. Los que pudimos le lanzamos un ademán en señal de afecto. Así dieron las siete, las ocho, y uno de los *busboys* tuvo que cambiar las velas. Gretchen entonces pidió algo de Sinatra y fue a reacomodar el menú del ventanal. En Il Convito aún éramos para ella su *bartender*, su cocinero y los *busboys* más eficientes. En el descanso incluso se me acercó con un "Cómo se dice *bartender* en español…" y acogió la respuesta con una palmada en el dorso de mi mano. Quise aprovechar para decirle que en México tenía a un hermano, pero ya se había dado vuelta. Volví a la barra y pasé de nuevo el paño a lo largo de las tablas. Vino la tarde inaugural, el Sargento enseñándonos cómo clonar placas, cómo conducir tráileres y cargar de balas las Jennings. "Si atoramos en Guanajuato, hay que vender en Michoacán y tirar el macho en un tercer estado". De ese modo se le complicaría a la Judicial y tendríamos tiempo para huir. Ahí fue que Héctor se puso a bautizar: al primo le llamo "Sargento", el mismo Héctor quedó como "Doctor" y yo nomás así, con mi nombre. Después, ya sobre la libre a Celaya, íbamos poniéndole campana a un macho de jabón, el Doctor al volante y el Sargento preparando las Jennings, yo kilómetros atrás haciéndola de muro. El pescado venía solo, confirmado, con varias horas de pastillas, confirmado, mascando chicle y acaso tarareando una cumbia de Rosario y Los sepultureros. No debíamos darle margen, que el tráiler se zangoloteara y así tirara sus nervios por el camino. Un minuto después paró. Al bajar, el chofer contuvo el grito, las manos en alto y sendo cachazo del Sargento a la altura de una oreja. Yo me quedé observando. Héctor en cambio cruzó su mano para evitar el segundo golpe. "No se lo tome

tan a pecho, mi Sargento". Y el pescado le agradeció, llori-
queando, mientras se acomodaba en la cajuela. Ya más tarde
no fue difícil descargar la basura en una bodega con olor a
manteca y a cebolla, donde se veía al abarrotero con su pa-
lillo entre los dientes, cuadrando el negocio y maldiciendo
los machos de jabón y servilletas. "Es que un tráiler de ciga-
rros, muchachos... Háganmela buena".

Y en lo sucesivo hubo machos de aceite de oliva, cal y
azúcar... Bodegas clandestinas en la colonia Cimatario, notas en la página roja del *Noticias,* el lenguaje de la banda,
cañadas que bajamos con el pedal del freno... El Sargento
llegó a comprar su reingreso a las fuerzas castrenses con
grado de capitán y nosotros tuvimos de sobra para el peri-
co. Mas nunca se atora lo suficiente. Y conmigo comenzaron
los descuidos. Al menos el de febrero, que fue el más grave.
Un pescado pudo abrir la cajuela desde adentro y se me fue,
esto mientras Héctor y el Sargento cobraban el monto de la
basura. A las pocas horas se nos cayó el cantón. No olvido
que el Sargento ya se había ido a la zona militar. En la casa
nomás estábamos los dos, yo en la sala, Héctor había ido
al baño. Hubo un portazo, también algunos gritos. Por si
acaso me fajé la pistola y alcancé a zafarme por el techo sin
darle a Héctor ningún pitazo. La fui librando metiéndome a
casas en las que todos dormían; y en la mañana me escabullí
subiéndome a uno y otro taxi, siempre por caminos veci-
nales. Sólo hasta San Luis tomé un camión a la frontera. Sé
que pude haberme quedado en Matamoros unos días. Pude
haber llamado al Sargento para que llegara a un acuerdo
con el entonces procurador. Simplemente crucé el río, como
lo cruzan todos, y después seguí como lo hacen todos, a salto de mata en las horas de la madrugada. Algunos venían

enojados porque el coyote no les había dejado traer agua. "Corran", es todo lo que decía. Había cuatro que iban para California, dos para Atlanta y tres para Chicago. Ahí con ellos, en el descampado y a mitad de la noche, me decidí por el punto más alejado. El coyote solo me dijo: "No sé qué haces aquí, güerito". Ya cruzado el desierto, vacié el cargador entre los arbustos y acabé pagándole con la pistola. En San Antonio nos fuimos a comprar los boletos del avión a sabiendas de que allá, en una cárcel de provincia, siendo menor de edad, Héctor pasaba a formar parte del atlas delictivo.

A las 8:15 sobre la Rush se comenzaron a achicar los charcos, pero aun así nadie le hacía caso al gran anuncio de Il Convito. Adentro, los cañones de luz continuaban cayendo sobre cada mantel y clavel rojo. Un cuchillo siguió cortando pan. En el reloj del mapa dieron las 8:30. Gretchen de nuevo se acercó hasta la barra y forzando la sonrisa se puso a revisar algunos documentos. Bebió de pocos tragos una copa. El pelo caía sobre la barra y sus senos se mostraban tristes frente a las hojas. Dejé para después lo del permiso para ir con Héctor, no era el momento, ya vendría. De nuevo sonó el teléfono, pero ella estaba ya resignada. Casi a las nueve me pidió que descorchara tres botellas. También ordenó que los *busboys* despejaran varias mesas y que en la cocina nos prepararan calamares en su tinta. El cocinero se negó a sacar los sartenes y arrojó el delantal en medio del emblema. Por entre la galería, Gretchen se fue bailando, los brazos desalentados y como esparciendo orégano sobre los cuadros. Llegó hasta la luna del espejo y nos fue llamando uno a uno.

A Héctor lo dejaron salir en cosa de dos años. Pronto volvió a atorar, ya no en la libre a Celaya sino en la de cuota y en un giro muy distinto. Y si llegó a llamarme no fue para preguntar sobre Chicago ni para quejarse del Sargento. Extrañaba a su hermano nada más. Yo andaba aquí, caminando del barrio griego a la parte oeste del *downtown*. Entonces abrían restaurantes en cada esquina y tuve de sobra para elegir. Por Gretchen me quedé acá con los italianos. Viví el primer periodo de Il Convito, luego el de los tapices y ahora el de las paredes con mariposas. Fui su primer *busboy* y, según ella, fue por sugerencia mía que se animó a abrir el servicio de *valet*.

Tal vez por eso, a las nueve en punto, Gretchen me pidió que bebiera con ella del nuevo *chianti*. Preguntó la traducción de *brandy* y de *gin*. Le respondí que allá en México a todo eso le llamamos "vino". Finalmente quiso que bailara con ella. ¿Yo? ¿Por qué yo? Y traté de imaginar a Héctor, en el Escort, sobre la autopista de cuota México-León, trabajando en otro giro, el que fuera. Pero no pude. Tampoco pude regresar a los tiempos del pasadizo. Héctor, mi hermano mayor el Doctor, iría con un nuevo acompañante por la libre a Celaya con el ojo que llega a afinarse con los años de servicio. Ya se acercarían a la cabina de aquel macho de Marlboro, la imagen del vaquero, el dinero sobre ruedas que tanto pregonaba el comerciante. Por el retrovisor, el trailero los habrá mirado y habrá metido el turbo. Héctor habrá pensado que no quedaba de otra sino atorarlo mucho antes del crucero, justo al pasar la arboleda de eucaliptos. Baleando el aire con la Jennings, le pedirían al trailero que se orillara, que se aceptara pescado nada más, volarían foquitos y un espejo. Acomodándose los lentes, el trailero no se dejaría apañar, sin considerar siquiera que Héctor podría darle piso ahí mismo, en el carril derecho y a 100 kilómetros por hora.

Pero el muy imbécil habrá acelerado y desde su carril Héctor habrá metido quinta para luego secarse la mano con la franela del tablero. Es seguro que activó de nueva cuenta la descarga y que sintió al tráiler dejándose venir inmenso sobre el Escort.

Con la última canción, Gretchen dijo que en mayo se ponen mejor las cosas, que habría buenas propinas y que no dejarían de sonar las vajillas de Il Convito. Los empleados fueron saliendo con su filipina al hombro. Solo yo la acompañé a cerrar cada una de las puertas, queriéndole decir lo que traía guardado desde la tarde. Eran las 10:20 en el reloj del mapa y las 10:25 en mi reloj pulsera. Sobre la Rush, las caras pasaban envueltas en vahos grises, los carros en sombra alegre. Yo quería regresar a casa, escuchar de nuevo el recado en la máquina contestadora, la voz de mi primo el militar, abrir las ventanas, oír que la misa de Héctor y del otro muchacho será en dos días, airearme, Héctor, el Doctor, la misa será en dos días.

LA LÍNEA 10

He was vaporized when I was eight.
G. Orwell, *1984*

Vasily solo había dicho que era absurdo. "Viejo, eso que se lo crean aquéllos; pero tú, un muchacho que ya llegó con secundaria...". En casa sonaban paternales las palabras de Vasily. En la fábrica, en cambio, no tenían ningún efecto, y menos ahora que el Chipo y yo volvíamos del lonche entre máquinas y montacargas, yo aún fustigándolo por haberse fumado tres Pall Mall en menos de media hora. Llegamos a lo que es el almacén tan solo para encontrarnos uno de esos *tickets* en la bandeja del mostrador: pedían un paquete de microchips para la línea 10, en soldadura. Dejé mi lonchera, y con un cosquilleo a la altura de la tráquea caminé en sentido contrario al mostrador. Tenía que alejarme de Rick, que no me mandara a dejar la orden. Tomé una caja de inyectores y subí las escaleras para hacerme el desentendido entre los estantes de arriba. El Chipo ya también había agarrado al aventón varios paquetes de resortes y como que les buscaba espacio en la sección de plásticos.

—¡Esto pa la 10! —gritó Rick con el *ticket* en la mano y el tableteo de las *pinballs* quebrándole la voz—. *Got to be ready by now!*

El Chipo y yo como si no hubiéramos oído. Y es que dos semanas atrás, precisamente después del lonche, Carmelo había llevado una caja de microchips a la línea 10 y ya no regresó. "Se lo habrá cargado la Migraña", fue el comentario irónico de Rick. Y para que no hubiera dudas, agregó: "Ha de estar ya celebrando en Guatemala". Pero tres días después pasó lo mismo con el que agarró la posición de Carmelo, un señor que nunca dijo su nombre, que pidió que nomás lo llamáramos Paisa.

En la fábrica había trabajadores de más. Por eso llegué a creer que la entrega de microchips en la línea 10 era una contraseña para despedirnos. Lo que no encajaba era eso de seguir contratando gente. Mi teoría inicial tenía que ver con el lavado de dinero. El Chipo, más extremista, se imaginaba a Carmelo y al Paisa en un centro de deportación. Con un tic de nervios y los dientes manchados por el tabaco, mi buen Chipo decía que viera cómo Rick seguido iba a la línea de ensamblaje o a control de calidad, pero nunca a soldadura. "Son mis piensos", repetía. El Chipo se olvidaba que, como *group leader,* Rick nos podía enviar a cualquier sección con un tronar de dedos... Ahora, cada quien por sus razones, estábamos en competencia. "Viejo, son tonterías", me había asegurado Vasily una tarde mientras tomábamos el café; pero sus tres palabras no me calmaban. Necesitaba el trabajo, mandarle a mi madre algunos dólares, pagarle a Vasily el mes de renta. Entonces prendí el tercer ventilador, y con mi caja de inyectores me puse a hacer más ruido entre los estantes. El Chipo seguramente hacía lo mismo. Andábamos vuelta y vuelta…, como pollos rostizados.

—*They need three chips in Welding* —volvió a gritar Richard desde el mostrador—. ¡Llévalos, Israel!

Al Chipo no le gustó que le llamaran por su nombre. De la sección de plásticos salió su cara, una cara que no expresaba disgusto sino asombro. Luego, riéndose y quitándose el sudor, fue a recoger el *ticket*. Yo volví a acomodar otra vez la caja de inyectores mientras oía el rechinar de las botas del Chipo bajando la escalera, con una risa de hiena que se fue perdiendo por el pasillo.

El Chipo tal vez ya fuera con sus chips, su risa y sus "piensos" cruzando los corredores de la planta cuando me dio por creer que el Paisa y Carmelo ahora trabajaban de lavaplatos o *busboys* en el centro de Chicago. De ser así, por qué aferrarme a este empleo si en un restaurante se podía ganar más sirviendo chips de maíz y salsas de mesa.

El Chipo ya tenía una hora sin volver al *stockroom* y yo con la boca seca. Porque sucedió lo mismo que tres semanas atrás, cuando lo de Carmelo y el Paisa: llegaron órdenes para casi todos los departamentos, menos para Welding, y luego vino el gringo con la nueva de que por hoy aguantáramos el jale entre Rick y yo, que mañana llegaba otro nuevo. Al menos eso fue lo que alcancé a escuchar. Me tranquilizaba que hubieran mandado al Chipo, que yo aún estuviera en la planta, pero apenas dieran las cuatro poncharía tarjeta y hasta nunca Pinball East Company. Al volver a la casa le diría a Vasily que yo no podía trabajar así, aunque tuviera que pedirle que me esperara un par de semanas con lo de la renta. Tal vez se molestara y llegara a soltar una palabrota, pues él me había ayudado a conseguir este jale. Seguro que después, ya entibiados con un café, me volvería a encontrar con el mismo Vasily de todos los días: "Te entiendo, viejo. Si no te sientes bien ahí...".

Lo reiterado de las órdenes hizo que pronto me olvidara del Chipo y de Vasily. Necesitaban de rápido 30 pantallas en control de calidad, y luego de paquetería que le apuráramos con 80 cajas para envolver las *pinballs*. Seguí surtiendo las órdenes y acomodando lo que llegaba del Receiving, hasta que como a las tres de la tarde Richard me salió con un *ticket* de microchips, otra vez para la línea 10, en soldadura... No le creí... Me lo repitió como encabronado, como el chicano amargado de siempre.

—¡Que tres a la 10!

Le dije que no con la cabeza.

—*What the hell!*

Y me pareció verme a mí mismo con aquella cara del Chipo asomándose entre la sección de plásticos. Quise aventarle el *ticket* al Ricardo y salir corriendo de la fábrica, volver a la casa y decirle a Vasily. Pero no me atreví a hacer el ridículo. Me fui por el pasillo del *stockroom* para recoger la orden.

—Luego, si puedes, traes 20 cajas del Receiving —dijo Rick al cruzar el mostrador, y me palmeó el hombro, como si lleváramos amistad.

Iba por los corredores con la palma del Richard fresca sobre mi hombro. Y como para desviar la tensión, entre montacargas y sorbidos de compresoras, recordé a Vasily, nuestro primer encuentro: un señor elegante que tomaba su café a las diez de la noche en un restaurant de la calle Howard. Yo también bebía café y esperaba que mis pies se entibiaran para poder caminar hasta el albergue. Cuando ya estaba por levantarme vino él y sin preguntarme nada se sentó en mi mesa. "Vasily Barilari, tanto gusto. Del Uruguay". Luego comentó que algo en mí le había gustado y que no dudaba de lo agradable de mi compañía. Le conté que tenía tres meses en Chicago, que andaba buscando trabajo y que vivía en un *shelter* de la calle Clark... De un plumazo resolvió lo del alquiler del cuarto, y una semana más tarde ya me tenía dando mis primeros pininos en la penúltima planta industrial. Desde el inicio me llamó la atención que también hubiera gente de Somalia y de la India, que los somalíes hablaran como con la efe y que los hindúes ni siquiera hablaran. En eso pensaba pero la voz del polaco me volvió por completo a los 90 grados de la fábrica, justo cuando cruzaba paquetería. Seguí hacia Welding y de nuevo aquella otra noche de diciembre, con Vasily de mi brazo pidiéndome caminar por la banqueta de la Sheridan, donde la sal ya derretía la nieve y se alcazaba a oír el golpeteo de las olas sobre el muro de contención. Vasily me contaba la novela de un tal Wells; yo le mencioné que nunca había leído una novela. "Viejo, cómo me gustaría que entraras al mundo de las letras". Así me dijo el buen Vasily. Yo le agradecí por la cena y el resumen de la novela, aunque me sentía algo apurado porque ya iban a dar las 11 y tenía que levantarme de madrugada. "Ya te ofrecí mi despertador", dijo Vasily como adivinando mi pensamiento. Costaba creer que Vasily fuera un obrero jubilado de una tal Pinball East Company. Por su abrigo y sus palabras parecía más bien ministro evangélico o un doctor en filosofía.

Al llegar a soldadura el *group leader* me pidió que llevara los microchips al fondo de la línea 10 y que los pusiera sobre la mesa de aluminio, junto a los taladros. En ese momento me sentí un pendejo: en toda el área de Welding no había más que filas de obreros con sus caretas puestas, todos hechos uno con su soplete y con el ruidazo de las compresoras. Seguro que al Paisa y a Carmelo les habían dado *layoff,* y al Chipo quizá lo hallaron en los baños fumando. A esa hora qué importaba la forma en que los habían descansado. Yo debía caminar al fondo de la línea; recuerdo que lo único distinto era una *punch press* trabajando sola, así sin operador. Tal vez estaba programada, pero entonces por qué no programar también las otras. Esa pregunta me ofrecía la oportunidad para no caer. Ahí estaba la mesa de aluminio sin ningún obrero alrededor, el único rincón de la planta sin brazos que ensamblaran o atornillaran. Di tres pasos. Dejé los chips junto a los taladros y entonces me dio por reír: aquello era un renacer. Venía alborotado, riéndome, celebrando la nueva luz, tan así que tropecé con uno de los hindúes de la línea 10; le moví el cátodo, el turbante, la soldadura, todo. Creí que iba a reclamarme pero no, se limpió el sudor y siguió soldando su *pinball,* como si le hubiera valido madre el tropezón.

De regreso al *stockroom* pensaba en lo mucho que se iba a divertir Vasily cuando le volviera a platicar lo del Chipo y sus teorías sobre la línea 10. A Vasily no le gustaba hablar de la fábrica pero esto lo tenía que oír.

Rick apuntaba algo sobre el mostrador cuando le dije que ya iba a llevar las 20 cajas que necesitaban en paquetería. No respondió. Después volví para decirle que no había suficientes cajas, que el polaco andaba reclamando, que cómo le íbamos a hacer. Estaba más malhumorado que de costumbre y creo que no quiso escucharme. Luego vino el gringo a decirle en un español quebrado que así le aguantara por hoy, que al fin y al cabo nomás faltaba media hora para el fin del turno.

—Yes, the end of the shift —repitió Rick.

Esas palabras me destantearon, pero acepté que el inglés no era mi fuerte. Y como ya no había más tickets en la bandeja me fui a los anaqueles a matar el tiempo. ¿Había vivido ya esto? ¿No había metido antes las manos en la madera y en el metal?

A la hora de ponchar tarjeta la máquina se trabó. Intenté apuntar con pluma mis iniciales y la hora de salida (el gringo podría corroborar después) y salí a tomar el bus. Ya no nevaba pero hacía mucho frío, huellas en la nieve, resbalones en el filo de la banqueta. Subí al bus junto con otros dos compas que jugueteaban entre sí. Le enseñé mi pase al chofer, pero ni siquiera se tomó la molestia de marcarlo.

Puedo decir que en el camino a casa sentí por vez primera la tranquilidad que me había faltado desde que vi la orden sobre el mostrador. Ahora no había de qué preocuparse, solo extrañaba el cafecito de Vasily, que me hablara de Montevideo o que me contara otra novela, la del '84, sí, había prometido hablarme de Orwell. "Viejo, nomás bebamos, agarrá tu taza y bebamos...". Vasily tendría que escucharme. Solo Vasily podría explicar esa actitud hosca del Richard, por qué era así.

El bus me dejó en la Clark y Touhy, a una cuadra de la casa de Vasily. Él ya había paleado la nieve, las ventanas sudaban, seguro que cocinaba un puchero de gallina o una sopa de fideo. Entré. La cafetera humeaba y el viejo Vasily parecía buscar las tazas en el gabinete. Me dejé caer sobre una de las sillas y saludé: "Mi buen Vasily". Pero Vasily no respondió, extraño porque no era ni de lejos un distraído. ¿Me ignoraba? Entonces me di cuenta que Vasily estaba acomodando mi taza, la taza que yo había usado durante dos meses la ponía de nuevo en el gabinete. Luego, desoyéndome, puso la suya sobre la mesa y sin decir más se sirvió café.

Los múltiplos del Tulio

Encuentro a Dulio en un cuarto de cama doble en la clínica de Waukegan. No ha sido fácil dar con él: la Línea Amarilla, el Bus 40, hallarlo de buen humor en un entorno que huele a antisépticos y polietileno. Acerco la silla y surge un olor a cama recién tendida. El suero ingresa muy cerca de donde hasta hace pocos días se abría paso el líquido de plata del placer, aquel líquido que lo llevaba a las palabras de Pushkin y Bulgákov. Dulio me presenta el cuarto como si se tratara de varias personas a la vez: una puerta con el número 206, una pantalla de plasma, dos frascos de Ribavirin, una pintura en la que veo un kayak. Y cuando finalmente empieza a hablarme de cierto domingo de septiembre, le pido permiso con el índice para encender la grabadora.

Record

Te cuento, Gerardo, que aquel domingo de Labor Day no quise quedarme en el estudio ni probar arenque en salmuera. Cosas de la nostalgia, al mediodía me fui al supermercado a comprar una libra de carnitas. Creo que se llamaba La Jiménez, y no es como los tenderetes que hay aquí en Waukegan. Me dije: ¿Por qué no combinar unos tragos de vodka con maciza de puerco y tortillas?

—Se las despachan en el fondo, mi buen.

Caminé por un pasillo oloroso a cebolla y frutas frescas. Después vi un letrero que me recordaba el propósito de la sección: *avarrotes,* con uve. ¿Cuánto hacía que no entraba a una tienda mexicana? Acaso había querido poner distancia, porque yo me sentía por encima de la tela estampada con el águila y la serpiente. Existían mis pinceles y un par de exposiciones colectivas, mi trabajo de tiempo parcial en el Jardín Botánico y la relación con Sasha. Ya estaba a punto de pedir una libra (traía antojo de riñón, me acuerdo) cuando sentí una mirada a la altura de los refrescos. Volteé y entre las estibas descubrí a un hombre con gorra del Club Pachuca. Así de golpe fue como cuando nos vemos de cuerpo entero en un video; el tipo era regordete, de bigotito, menos alto. Pero no había duda: era yo mismo con diferente tren de vida. El hombre también se detuvo en *shock,* primero se tocó la gorra, luego quiso escabullirse por las estibas de cerveza, pero había que hablar, cotejar las semejanzas... Lo seguí a lo largo de un pasillo paralelo pidiéndole tan solo un segundo entre los huecos dejados por las latas. Imposible: se esfumó por la sección de sodas y gatorades. Yo regresé al mostrador de las carnitas.

—¿Anda cazando moscas, mi amigo?

—No, es que...

—Se me hace que a usted no lo quiere soltar la patria.

Y ahí mismo el que supongo era don Jiménez me dijo que las carnitas justo se habían acabado. Pedí una libra de montalayo y un vaso de salsa verde. Ya en la caja me volví a encontrar con el hombre (no en mi fila, él se hallaba en la número dos), más ansioso que un cascabel. En sus ojos estaba claro: "No te acerques". Sudaba. Volteó a un lado, luego al otro, se quitó la gorra; allí estaban las entradas en la frente y la piel registrando las huellas del acné.

—¿Quiere su cambio o no?

Salí al *parking* con la idea de seguirlo a corta distancia y desde mi auto. Con ese paso que yo también tengo al ir deprisa, el tipo fue en dirección a la Milwaukee, que es una calle diagonal y con atajos. Dio vuelta a la derecha en Webster, y luego de caminar media cuadra entró a una casa de escalones rojos. Lo esperé cosa de dos horas. De la guantera saqué una postal con la imagen de Klimt y me puse observar el beso vegetal; pero por muy bella que sea una postal, uno no puede mirarla más de dos horas. El tipo no salía, y yo no me atreví a asomarme por las ventanas. Imagínate tú, Gerardo, en el departamento Sasha estaría echando fuego con su plato de arenque y unas copitas de Kettle One.

En los días siguientes, apenas dejaba mi trabajo en el Botánico y me iba al domicilio donde vivía el tipo de la gorra, siempre teniendo en mente que debía llegar a mi departamento antes de las diez, no fuera a ser que Sasha y su furia eslava…, pues era el tiempo en que todavía no le daba por proyectar en la pared el mapa exacto de San Petersburgo. Ese mapa, debo decir, nos relajaba.

Para aguantar la espera, yo me llevaba a la Webster un catálogo de postales y varios libros de poemas. Fueron cuatro días. Solo hasta el jueves, a las seis en punto, el tipo salió vestido de norteño y cargando un contrabajo. Lo seguí. Su *van* tomó la Milwaukee. Ya en Humboldt Park se malestacionó, en cosa de minutos entró a una cantina llamada Los Naranjos, *con servicio de lindas muchachitas.* Me puse los lentes y una gorra de otro club, dejé pasar un rato y alrededor de las ocho entré al bullicio del lugar. Había gente, casi toda cubierta con el emblema del Pachuca. Chocaban sus botellas teniendo como fondo el nombre del bar en letras de neón. Me acerqué al tipo. Mientras tocaban "Finca de adobe", fui descubriendo que el acné se había ensañado con su mejilla izquierda. He ahí una diferencia: a mí me había marcado la derecha. Tenía la sensación de estar frente a un espejo. Y cuando repetían la pieza, alcancé a mirar que en sus ojos había cierto recelo, y no porque me hubiese descubierto. Era imposible entre tal gentío. Si en los ojos suyos había recelo es porque en los míos estaba instalado el miedo. Ya en un descanso en que el tipo se fue al baño, le pregunté al del acordeón que cómo se llamaba su colega.

—¿Colega?

Hubo un silencio. El que tocaba el acordeón miró hacia la puerta del baño, sin duda pasmado por mi voz, que seguramente no era tan distinta, y ahí luego se puso a mirarme como se mira un aura en la penumbra. Cortando el humo, opté por señalar el instrumento.

—Ah, el del *tololoche...*

Le dije que sí con la cabeza.

—Es Julio, pero no me acuerdo de su apellido. ¿Y a qué se debe la pregunta, cuñao? Si quiere contratarnos, aquí nos tiene.

Y me extendió una tarjeta de promoción: *Los traviezos. Eventos musicales. Llamenos...* Dándome la espalda, el músico se quedó mirando en dirección al baño, luego anunció a viva voz que Julio tenía un hermano cuate: "Mírenlo acá, nos ha caído de sorpresa su carnal". Yo no esperé a que regresara el hombre que tocaba el *tololoche*... Qué calor hace, ¿verdad?

Pause

Al tiempo que se abanica con la izquierda, Dulio se deja caer sobre la almohada y recuerda otras faltas de ortografía en los anuncios de Los Naranjos. Suda, aunque el ambiente de la clínica apenas supera los 60 grados. Le ofrezco un vaso de agua. Él responde con un gesto y se pone a mirar hacia la Jefferson: un pájaro salta entre los barandales y más allá la nieve cae sobre los toldos. Dulio vuelve los ojos al cuarto y a la pintura del kayak. Acomodo la grabadora con la intención de lanzar otra pregunta. Pero antes de que oprima el botón, se pone a dormitar no sin antes advertirme que no me quite la mascarilla. ¿Qué hago yo entrevistando a un pintor? Mis asignaciones en el semanario corresponden al rubro de la política y la economía, todos dirigidos al mundo hispano. ¿Y ahora un pintor? Sí, un acuarelista que no propone nada que no hayan hecho los demás. "Nos puede comprar la nota alguna agencia", me dijo ayer Mr. Mederos. "No siempre se envenenan los artistas". Acá en el cuarto, Dulio me reprocha el cabeceo.

Record

Mira, Gerardo, en este suburbio hay una manera de aprender el ruso. Se consiguen recetas médicas con doctores conocidos y se acude a "farmacias" en las que no se hacen preguntas al despachar las ampolletas. Después hay que disolver la efedrina con una cucharada de vinagre, hervir la mezcla y agregar magnesio. Sasha se encargaba de meter el líquido en el tubo. También se encargaba de atar mi brazo con el elástico de alguna prenda. Finalmente buscaba mi vena, que por suerte parece un surco. Cuando la aguja cruzaba la dermis, rápido se presentía el torrente. Sasha lo iba empujando mientras yo observaba como hechizado la operación. Retirábamos el elástico y el resto consistía en esperar, apenas un minuto en que se lograba el máximo placer. Sasha me llevaba a un espacio oscuro en el que el estéreo tocaba música de Vangelis; es decir, desde la una de la madrugada hasta el silbatazo del primer tren, yo memorizaba el nuevo vocabulario: *dom, stol, vilka, nozh* y otras palabras más. El lenguaje de Pushkin entraba en forma paralela al ímpetu de la efedrina. El ímpetu tenía su fin. Las palabras no se iban.

—*How did you like it?*

Así me decía Sasha una y otra vez en el lóbulo de la oreja. Yo no entendía por qué estábamos usando jeringas de antes. Sasha respondía que era imposible creer en cualquier cosa desechable. Todo esto a principios del 2000, al tiempo que en la pared ya íbamos armando un mapa de San Petersburgo: el canal de Fontanka, la nieve en el parque de las estatuas, los grandes anuncios que se ven como el negativo de un artículo redactado en castellano... Si te vas caminando hacia el oeste, vas a encontrar la avenida Nevskii y luego el canal en el que le metieron 20 balazos al cuerpo envenenado de Rasputin. Pero envenenado y con 20 balas, aquel monje no moría: le siguió gritando su destino a los Romanoff.

Mi fascinación por Rusia era desde quién sabe qué tiempos: de niño me atrajo el Cascanueces, el mapa de Siberia y la mascota de los Olímpicos. De joven, ya en Chicago, eran los íconos cristianos, las profecías del monje y unas líneas del poeta: *Contemplo por postrera vez tus olas célicas al viento...* Sasha nunca toleró a los bolcheviques. Que no solo por haber matado a los Romanoff a punta de hoces y martillos. Que no solo por haber parido a Stalin. Que no solo por haber acabado con las imágenes de los santos... Todavía no sé por qué el odio aquel.

Gerardo, imagino que eres venezolano. Como periodista, has de saber de todo esto. Viniste a Waukegan a preguntarme por las acuarelas y mira lo que te encuentras en el hospital del condado. Pero llama a la enfermera, que ella te explique lo que son las cicatrices. Y dile que ya es hora de que ponga el cuarto más templado.

Pause

Viene la enfermera a suministrarle una inyección de Interferon y el paciente se queja de unas punzadas en la cabeza. Yo aprovecho para revisar los dibujos mencionados. Comprendo que se trata de un pintor periférico, un muchacho que tuvo los medios desde siempre: escuela, pinceles y visitas a los museos. ¿Talento? Desde luego. Solo le ha faltado dedicación y, ya en Chicago, contactos de buenas galerías. Reviso de nuevo el expediente: Dulio Davino, hepatitis C, sepsis de la sangre, *"waiting for final results"*. Asimismo reviso los tres documentos que me han dado en la oficina del gobierno: nacionalidad mexicana, tres años en Chicago, dos en el suburbio de Waukegan...

Record

Tú preguntabas que cómo nos conocimos. Trabajaba yo preparando ramos de mimosas en una florería de la ciudad. Una tarde, frente a un matrimonio de inmigrantes rusos, tuve la certeza de que vivía una repetición. Y mientras envolvía sus flores, aquellos ancianos aseguraron haberme visto en otro lado y en otro tiempo. Queriendo acabar con el absurdo, les dije que solo había vivido en Querétaro y en Illinois. *"Mi uvereni"*, fue la frase que dijeron y que pedí que tradujeran. Improvisando un disparate, les expliqué que todos los mexicanos nos parecemos, también hablé de los gestos y del bigote. No, que no era por el bigote. Y no dejaron de venir cada semana por su ramo de mimosas. En la florería pasé a encargarme de los arreglos para bodas, y meses después ya estaba de planta en el mostrador. Me convenía trabajar ahí porque me llevaba rosas y tulipanes para mis acuarelas.

A los dos años sentí ganas de buscar otro trabajo. Fue entonces que aquellos rusos, acompañados por primera vez de Sasha, vinieron a comprar su ramo. En realidad le venían a mostrar su descubrimiento: yo. *"It's true!"*, repitió Sasha. *"He is just like the ballet dancer!"*. Era como si para ellos desmentir a Sasha fuera crucial. Un poco nervioso, les dije que yo nunca había sido bailarín. Nos reímos.

Un sábado invité a Sasha al departamento. Le gustaron mis pinturas, sobre todo las que tenían que ver con el erotismo vegetal. Solo comentó que le recordaban los cuadros de Arcimboldi. Ya en la noche, mientras nos iba invadiendo el vodka, Sasha compartió supersticiones de los eslavos y se refirió a la pérdida de un amigo en cierta estación del tren. Yo simplemente le hablé del dios Xipe-Totec y de La Llorona.

—Xipe-Totec? *What is that?*

No le respondí. Y no le importó, solo dijo que quería vivir conmigo. Fue entonces que encontré un *part time* en el Jardín Botánico. Sasha, por su parte, se encargaba de hacer marcos de pino para algunas galerías. No era bueno el pago que recibíamos, pero igual intentamos llevar una vida de sibaritas... Ya estábamos a punto de cumplir un año cuando a Sasha no le renovaron su visa. Era imposible regresar sin nada a San Petersburgo, terminar en ascuas su periplo americano. Se vino a Waukegan trayendo como equipaje solamente mis lienzos. A los dos días me mudé yo también. Fue entonces que Sasha empezó a hablarme sin tregua de su ciudad natal. Eran horas en que describía las noches blancas, el parque del fuego eterno y un museo de cosas raras.

En Waukegan yo fui radicalizando la imagen de la flor con azules de varios tonos. A tres pasos, Sasha construía marcos con maderas de abedul o le agregaba un puente al mapa que íbamos trazando en la pared; por ejemplo, en una puerta el malecón del Almirantazgo, en un guardapolvos la Fortaleza de Pedro y Pablo... Eso sí, siempre teníamos lo suficiente para ir a la "farmacia".

Afuera ya empieza a oscurecer. Tómate un café, Gerardo, abre la ventana, háblame de Caracas, de tu trabajo en el semanario. ¿Eres de Colombia o de Venezuela? La nieve cae, se derrite. En las aceras de la avenida Jefferson abundan los charcos. Se agrandan y los niños salpican a los que pasan. El verano pasado Sasha se encaprichó de uno de esos charcos.

Había ido a conseguir la jeringa a la estación del tren. Regresó a pie por los callejones y el puente. Y no esperó a que hirviera el agua. Yo estaba a esas horas con un par de restauranteros interesados en algo muy moderno. Llegué a la casa a las ocho, la tetera silbando y al fondo una música de Azerbaiyán. Sasha ya se había inyectado. Como presintiendo, fui a sentarme en la poltrona. Ahí estaban el elástico, el tubo, la mezcla bendita… No tardaron en aparecer mis venas, el aroma a vinagre, las nuevas palabras del vocabulario: *krot, golubka, muja*… Ya íbamos al cuarto oscuro cuando Sasha se dobló. Hubo dolor y una mancha roja en su antebrazo. Detuve la música. Fue entonces que Sasha me contó lo de la jeringa enjuagada en un agua sin hervir. Yo fui agotando los insultos que sabía decir en ruso: *mudak, kakoi idiót*… ¡cómo putas se te ocurre!

Supe que Sasha empezaba a vivir su muerte. Entonces me puse a remojar pigmentos para dibujar cada una de sus fases: eran imágenes hechas sin influencia, nomás salidas de la mano. *"Stop painting"*, me dijo con voz caída. *"Why don't you dance? Why don't you dance?"*. A las seis de la mañana pinté la fase del llamado rictus.

A las siete orillé la poltrona y esperé los síntomas de mi propia muerte. Una hora, dos horas, los síntomas me dejaron esperando. ¿O será que los paramédicos se apresuraron? ¿Quién les pudo haber avisado?

Pause

Miro sus pómulos, los ojos como dos nidos semiabiertos. También alcanzo a mirar la silueta de Sasha en esos nidos. Sé que tengo 15 minutos más de cinta y de permiso. Primero me disculpo. Luego le pido que me hable más de Pushkin o del mapa que Sasha y él trazaron.

La autenticidad no existe, Gerardo. Así llegué a pensar cuando de joven tomé un curso de biología en el Tecnológico de Querétaro. Me pasaba horas mirando una célula tras otra, la célula de un pelo o de una hoja verde. Ahí en el laboratorio llegué a mirar la mitosis, el bello desdoblamiento. Y en una primavera me pegó la meningitis.

—Tuvo suerte, amigo, hay quienes vienen al hospital con el cerebro ya esponjado.

Un mes en la clínica del Seguro, sin secuelas a la vista, a no ser por la memoria de lo más reciente. Llegué a confundir mitocondrias con leucocitos. Solo los nombres de las flores se me quedaron. Dejé el Tecnológico. A cambio me dediqué a comprar postales con imágenes de Klimt y Arcimboldi, que en mi cuarto reproducía a lápiz y con acuarelas.

Mi hermana era como tú: tenía talento para escribir, incluso ya había empezado a trabajar en *El Sol*. Ella trató de colocarme en Sociales. Ni tres días. Luego fue mi padre con sus amigos abogados. Ni medio día. Saqué mi pasaporte y le pedí al tío Bernardo que depositase dinero en una cuenta para demostrar cierta solvencia en la embajada. Acabé trabajando en una de las sucursales de Banamex. Un día un señor de Santa Rosa pasó a depositar 4,000 dólares o su equivalente en moneda nacional; como ya era mayor, le ayudé a llenar el formulario, me dio el fajo de billetes y conté 5,200. No le dije nada. Un día después vinieron los hijos del señor para hablar con el gerente. Yo hice como que me iba al baño. Poniendo pies en polvorosa, tomé un autobús a la capital, y desde allá supe que la policía había encontrado al culpable del desfalco. No quise averiguar más. Ese lunes de enero, compré en el aeropuerto un boleto de ida y vuelta, 620 dólares si mal no recuerdo.

—Mexicana de Aviación anuncia la salida de su vuelo 470 con destino a la ciudad de Chicago.

Qué bonita voz tienen las que anuncian, ¿te has dado cuenta, Gerardo? Llegué a Chicago a las diez de la noche. El oficial de Inmigración se molestó cuando le dije que no tenía tarjetas de crédito y que apenas llevaba 600 dólares en el bolsillo.

—*And you considered yourself a tourist?*

En Chicago tenía dos amigos que había conocido a través de un *link* de artistas; me habían prometido un puesto en algún restaurante mientras me adaptaba a los claroscuros de la ciudad. Encontré alojamiento, trabajo en Swanson's Flowers y hasta me compré una bicicleta. Pero jamás di con los amigos. El resto de mi vida ya lo conoces.

Nomás quiero agregar que en los mejores tiempos de la efedrina, Sasha y yo viajábamos sobre el Atlántico, el pasaje en silencio, casi orando. Sentíamos las bolsas de aire, como si el camino estuviera fracturado. Luego entrábamos a las nubes, y ahí en los dos asientos de Aeroflot se iba perdiendo la noción del tiempo, entraba la noche y el sonido de las turbinas alistándose para el aterrizaje: San Petersburgo, Petrogrado, Leningrado... Parados frente al mapa, descubríamos algunas calles que me remitían a ciertas mañanas del siglo XIX. Sasha y yo nos instalábamos en la borrachera y comíamos un pescado que él llamaba *minoga*. Íbamos de un cumpleaños en la zona de Liteini a una recepción en la avenida Nevskii, sin dejar de pasar por la estación del tren.

—Sasha, esta ciudad no debería existir.

Pero Sasha solo comprendía dos palabras del castellano.

En inglés, y rechazando mi mano, repetía que a los rusos les cuesta ser tolerantes. Parábamos en monumentos y catedrales llenas de íconos de la Trinidad que los jóvenes besaban mientras hablaban por el celular. Ya después Sasha prometía que pronto visitaríamos ese museo de cosas raras. Hasta que por fin fuimos a la Fortaleza y de ahí al Muzei Strannih Veshei. Y sí: entre todas las rarezas había una pintura de finales del siglo XIX. En el primer plano estaba un estudiante de ballet. Di un salto atrás cuando miré que se parecía al hombre que había visto en La Jiménez, sí, el Julio aquel que tocaba el tololoche pero con un tren de vida muy distinto, una vida en que se sufre de más y se come muy poco. En los días siguientes ya solo entrábamos al museo para corroborar el parecido: ahí estaban el bigotito y las mejillas, el color de piel y un gorro de arlequín. Y en la ficha del museo: *"Tulio, Mexckisanski tantsor, 1883"*. Tulio era su nombre, Tulio o Dulio, ya no sé.

No debo decir más. Ahora, en vez de calor, me ha entrado el frío. ¿Qué hora será en Querétaro? ¿Qué horas serán aquí? Yo no pido que me manden a México ni a Chicago. Aquí en las afueras hay un lugar que se llama Menorah Gardens. Ahí llevamos a Sasha hace tres meses. Si a alguien se le ocurre, que me lleven a mí también. Al fin y al cabo ahí queda el hombre de La Jiménez. Ahora comprendo que soy una extensión de ese hombre... Pásame las pastillas del frasco azul, Gerardo, el del tololoche es el hombre auténtico y yo soy solo su reflejo, qué calor, qué frío, el águila sin la serpiente, el martillo sin la hoz, ¿sabes, Gerardo, que los rusos solo se mueven en los extremos?, un polo o la contraparte de ese polo, no conocen la medianía, mejor llama a la enfermera.

Pause

Bajo la vista hasta posar los ojos sobre la mano de Dulio. Los
dedos se hallan hacia arriba, como si estuviera a punto de
hacer una declaración. Hay restos de pintura en la cutícula
de sus uñas. Le hago otra pregunta. Pero el pintor sigue mirando en dirección al kayak. Sonríe. Yo pienso dos veces si
debo presionar el timbre de la enfermera. No, todavía no:
volteo hacia la grabadora, hacia los cinco botones alineados
de mi vieja grabadora.

Stop

LA COMEZÓN DEL INGENIERO

Durante varios meses viví en las camas *queen* de los hoteles de lujo de Milwaukee. Me dedicaba a lo que es mi naturaleza: chupar poco a poco la sangre de los hombres. Un día de primavera conocí a María Luisa, quien entonces se hacía acompañar de un tipo al que llamaba sin ternura "señor comisionado". Ya en el verano abandoné el Hilton y me fui con ella en su neceser. Así, en cuestión de días, vine a saber del ingeniero Rodríguez Peralta; ahora tengo acceso a la memoria del ingeniero.

Entre otras cosas, sé que después de pasar su última tarde con María Luisa, el inge se fue a Binny's y se compró una botella de Los Vascos. De camino a casa pudo ver el puente vuelto escombros en el fondo de la cañada, cubos y exaedros apilados como en un raro cementerio. Había que tomar con calma la caída de aquel puente, recobrar el tiempo en que no se preocupaba por usar compás o escuadras. Además, según los abogados, se exploraba la posibilidad de que el Distrito de Parques no procediera legalmente.

Abrió la puerta a eso de las 8 P.M. y las luces de la sala

se encendieron. Sin arrebato, barajó entre las hileras de discos y puso una canción de Leonard... ¿Cohen? No, era de Leonardo Favio. Descorchó la botella, se la llevó a la nariz y supo que se trataba de un tinto ligeramente punzante. Un sorbo, un pedazo de queso, una aceituna rellena de anchoas...

Había que ventilar el cuarto y cambiar las sábanas. No es que las rojas estuvieran sucias; es que en adelante había que llenarse de verde, de nuevas historias, de perfumes de sándalo y jazmín. Se acostó sin pijamas, inaugurando una sonrisa. El ejemplar de los *Cuentos de amor, de locura y de muerte* estaba a su lado. ¿Leer acerca de la muerte? Ya no era necesario. Se podría decir que el inge estaba experimentando una emoción vital: su espacio, por fin su espacio, y un tiempo sin manecillas. Lo único que no encajaba era una comezón despareja a la altura del abdomen, casi un tic que se movía. Ya daban las 11 cuando los párpados sucumbieron al sueño.

Es posible dormir y dejar que las uñas hagan su trabajo. Pero la comezón fue avanzando con la noche. El inge se volteaba hacia el librero y minutos después ya estaba frente al empapelado de la pared. A las 3:10 A.M. arrojó de un solo movimiento el almohadón y las sábanas de franela. Entonces la luz. Sí, una bombilla en espiral de 60 vatios. Ahí sobre la dermis estaba lo que él percibió como un ser milimétrico, porque entonces no tenía conciencia ni manera de articular. Esa cosa oblonga, con patitas, que pinchaba y embebía la mezcla de glóbulos y plaquetas, intensificó por fin el sorbo. Después había de perderse como topo en la planicie de franela. Junto al ombligo del ingeniero, quedó un asterisco rojo.

Al día siguiente, el inge tomó la ducha de costumbre. Y frente a la gran luna de azogue, descubrió que en el abdomen había no un asterisco sino un tajito en forma de 7. Entonces, ¿era cierto? En lugar de responder, se dispuso a seguir con su vida nueva: sentarse en silencio media hora, desayunar en Walker Bros y revisar las propuestas para cierta constructora. En esos días también leía *La vida según Galileo* y pensó en comprarse un telescopio para ver los cráteres de la luna. Pero en vez de la luna, de camino a la oficina pasó a mirar el puente retorcido en la cañada, las balaustradas en arco diseñadas por María Luisa, los torreones de concreto calculados por él. Aquel espectáculo era mejor con la luz de la mañana: docenas de piedras inventadas por el hombre y la nave central doblada como un espinazo enfermo.

Nadie trajo novedades a la oficina. ¿Nadie? Bueno, sí llegó una carta del bufete de abogados en la que se anunciaba el desistimiento definitivo del Distrito de Parques. Aceptaban que la caída del puente había sido por el cemento, que no había tenido la consistencia para amarrar los bloques de hormigón, que era un cemento de importación llegado seguramente de China. Para el inge había ya dos razones para celebrar. A las seis participó en la gala de los empresarios de Milwaukee y su memoria alcanzó a registrar lo siguiente: "solo uno me preguntó por el puente".

A eso de las 9 P.M. regresó a esta casa de rodetes interiores, la misma que desde hace años María Luisa fue llenando de restiradores y maquetas. En el cuarto del fondo nació el proyecto: *blue prints,* fotocopias, pliegos atiborrados de números y líneas. Durante un lustro habían construido monumentos, mausoleos y glorietas. Nunca un puente. Entre los papeles tipo *bond* aparecieron los cimientos en tinta fresca:

sería de dos carriles, con aceras y farolas. "Sobre todo las farolas", dijo María Luisa la mañana que enviaron la propuesta al comisionado del Distrito de Parques.

En este cuarto se entrevistaron con el comisionado. Buen planteamiento de parte de ellos y excelente la respuesta del oficial. Pero a media reunión un derrame de tinta vendría a teñir la regla T y varios planos: escucharían que ganar el concurso era sumamente difícil, "¿más café?", en el Distrito de Parques tenían que afianzar negocios con las firmas étnicas, insinuaciones, "¿con azúcar?", las caribeñas que se parecen a J. Lo y la campaña política del año entrante. Sí, todo sí, había que darlo todo para superar en el concurso la propuesta de Pigozzi & Peterson y otra firma del sur. Pero J. Lo no era una caribeña real sino producto de Nueva York. "¡Shhh!", la paró en seco el ingeniero antes de que hiriera los gustos del comisionado. De aprobarse, María Luisa se proyectaría como arquitecta y podría viajar en primera clase a Puerto Rico, y el inge ganaría lo suficiente para cubrir la hipoteca de su casa habitación.

Y aquí estamos en esta casa lujosa con la hipoteca ya saldada, a dos millas de la autopista, a diez pasos del lago. El inge pasó la segunda noche frente al ventanal mirando su pedazo de playa, sirviéndose lo que sobraba de Los Vascos, otra vez el queso *brie*, las aceitunas con anchoas. Ya vendría el tiempo de mirar los cráteres de la luna. Ahora puso un disco de Gardel. ¿De Gardel? No, era una balada de Juan Gabriel en la que se dejaban las cosas del pasado, un whisky, más queso... ¿A quién de los dos se le había ocurrido otorgarle una noche con J. Lo al comisionado? Hay preguntas incorrectas y ésta es una de ellas. Eso era simplemente lo que se tenía que hacer. Y además en María Luisa había dos ventajas: hablaba inglés sin acento y se apellidaba López.

Eran las 11 P.M. María Luisa tenía que quedarse como esa realidad que dejamos en las pantuflas antes de saltar a la cama. Pero el ingeniero todavía le echó un vistazo al cuarto: ya no se trataba de reemplazar las sábanas rojas por las verdes ni de traer un almohadón sin sus olores. Había que cambiar de piel, como las anacondas, dejar de pensar que el comisionado vio a J. Lo en el cuerpo de María Luisa, aprovecharse del espejismo y ganar en el futuro otros concursos. Pero a finales del verano la arquitecta también quiso ser J. Lo y el comisionado no escatimó en darle trato de celebridad: abrigos de visón, cócteles con el gobernador, bolsos Gucci... ¿Caribeña de la isla o de tierra firme? Eso qué importa.

A las 3:10 A.M. el inge de nuevo sintió la comezón bajo las sábanas. Según el registro de su cerebro, pudo ver en la penumbra a esta longitud hematófaga rastreando una tetilla. "¡La luz! ¡Tengo que encender la luz!". Y se hizo la luz con una erupción de manotazos. Fue necesario pasar de la zona del ombligo a la colcha, y de la colcha había que escalar por la pared, que quedaran frente a frente mi sudor y su sangre. Ahí estaba yo, a menos de un pie, a merced del ingeniero Rodríguez Peralta. Mas él dudó entre dar el golpe con la mano o con el taco de un zapato. Ese lapso fue suficiente para dejarme caer hasta la alfombra y segundos después reaparecer en un extremo de la colcha. Hubo miradas desafiantes entre ambos. Solo eso.

Por la mañana el inge descubrió que el tajito parecía una Z coronada. Lo peor es preocuparse por bagatelas... Llegó temprano a la oficina y se puso a navegar en el internet. Provenientes de la familia *cimicidae,* esos parásitos fueron erradicados de los Estados Unidos 45 años atrás usando un tipo de fluoruro; ahora han vuelto en las maletas de los inmigrantes de Europa Central y gustan de alojarse en los pliegues de las camas; llegan a vivir varios meses si cuentan con suficiente sangre y tienen cierto instinto para atacar entre el sol poniente y el sol del amanecer a los seres más vulnerables... "¿Yo vulnerable?", se dijo el ingeniero. "Vulnerables los puentes, ¿pero yo?".

Y aprovechando que estaba frente a la computadora, revisó sus *e-mails*. Había seis pero solo abrió el de María Luisa: "Era inevitable. De no haber seguido con el comisionado, tendríamos encima a las autoridades de Wisconsin. Digámoslo sin cortapisas: el puente se cayó por mendigar algunos metros cúbicos de cemento y cal. Ahora solo nos queda entregar el porcentaje que le corresponde a cada parte".

María Luisa había sido estudiante del Instituto Tecnológico. En el tercer año tomó la clase de Estructuras que ofrecía el ingeniero. Hubo un salto cualitativo en la vida de ambos cuando, en medio de la pasión, inscribieron la firma en el registro estatal. Los saltos cuantitativos se fueron dando con los proyectos. Otro salto fue la construcción del puente.

Casi al mediodía, el inge pasó por la cañada y vio que las máquinas del Distrito de Parques empezaban a recoger los exaedros de hormigón. Les tomaría dos semanas llegar al espinazo. Se puso al volante. En una curva pensó en comprar langostas y en llamar a la noruega. Pero en la cama ella descubriría la mancha lívida junto al ombligo. Era mejor evitar preguntas.

De modo que este tercer día fue casi una repetición de los anteriores: el Binny's, dos copas de vino, un bañito caliente, el té de valeriana. ¿Música de Vangelis? No, qué Vangelis. El queso y las aceitunas se quedaron en la mesa. Y en punto de las 3 A.M. la comezón... Hay que hacer de la Z una O. Hay que pasar de una noche a otra noche. De la muñeca izquierda a la derecha, todo con simetría, entrar en el torrente, subir entre membranas y llegar al hígado surtidor. Afuera el inge prende la luz y la uñas hacen un intento. Sus breves manotazos son música que duele. Irse rodando por el libro del páncreas, nadar hacia arriba entre las vértebras... Lo del inge han de ser punzadas en la pelvis, un alfiler en el costado, el inge gime y se queja. Yo le declaro una tregua, que él aprovecha para correr hasta el teléfono no sin rascarse la muñeca diestra. *"Yes, I think I need some help..."*. Lo sofocante es llevar esta danza por cada uno de sus huesos, deslizarse en el cosquilleo de la garganta, un tamborilear sobre el atlas y mirar por fin la bóveda del cerebro, una red de autopistas con pendientes y curvas, con múltiples carriles por los que se desplazan torrentes en distinta dirección.

Hoy estoy en mi elemento y me conformo con ser. Afuera, el ingeniero todavía se restriega junto al ombligo. Quiere comprender. Yo soy su comprensión. Entre sudores, el inge se pone las pantuflas y se arropa. De nuevo corre al teléfono. *"Sir, there is a bedbug in..."*. Nada más insultante que coloquen a un ser pensante en la categoría de chinche. ¡Por favor! No me queda más que hacerle un plan a este ingeniero: salir de la casa y correr hasta la zona en que se hallaba el puente. En milla y media todo será oscuridad y prisa. Todo angustia y María Luisa y el fantasma de cemento allá en el fondo.

EXPEDIENTE 22

El primer golpe lo recibió Saulo la mañana que supo que no era pelirrojo. Acababa de cumplir los ocho años, lo que en más de un modo confirmaba la teoría. Ahí estaban las pecas y la tez clara, y acaso en sus meses de bebé —que es cuando la familia llegó a Milwaukee— tuvo el cabello de azafrán natural. La trabajadora social del Kindergarten no dejaba de considerarlo un niño sano, interesado siempre en el porqué del porqué. En la boleta del pequeño quedó constancia que lo del tinte había sido un capricho de la madre y que de ninguna manera había obstruido su aprovechamiento escolar. Según los reportes de la Loyola Elementary School, se trataba de un estudiante precoz en el área de ciencias, el más sobresaliente en *Language Arts* y algo popular en el ámbito entero del plantel. Los demás niños le llamaban indistintamente "Marte" o *"Redhead"*.

Cursaba el tercer grado cuando la madre viajó a su país de origen para saldar lo del divorcio, de modo que no le pudo cortar el pelo en la última semana del mes impar. Era de rigor cortárselo usando un peine de punto seis y de paso teñírselo con las fórmulas L'Oreal, Garnier o Revlon (esta última solo si la economía andaba mal). El que Saulo fuera hijo único justificaba los calendarios y las precisiones estéticas. Pero ante el retorno pospuesto de la madre, al pequeño ya le resultó inútil seguir negando lo evidente, pues la raíz de su cabellera mostraba no un color rojizo sino más bien castaño… Castaño claro, para ser precisos.

Vivió esos meses a cargo de la abuela. Y con el descenso de las puntas entintadas, se incrementaron las burlas de sus compañeros, sobre todo en las horas de recreo. Con las burlas se le fueron dibujando dos líneas de tristeza y lloriqueaba como si fuese de primer grado. En los meses siguientes las calificaciones pasaron de B a D; también subió algunas libras al frecuentar la máquina de Doritos y de Snickers, y por vez primera se lio a golpes con un chico. Hubo episodios en suma desagradables: basta citar el del curso de religión, cuando el Padre Folley se vio obligado a suspender a un alumno por mofarse de Saulo cuando leía en voz alta algo sobre el paso de Moisés por las aguas del Mar Rojo. Ya en su quinto grado el médico de la escuela no titubeó al escribir que se trataba de un caso no-atípico de depresión en el nivel preventivo. Que no había razones para preocuparse.

Recibió el segundo golpe cuando ya era un joven completamente canelo. Y no solo eso: el pelo se perfilaba café oscuro. Era un estudiante *freshman* de la secundaria Saint Ignatius. A los directivos les pareció natural asignarle como tutor y consejero a su profesor de castellano, un chileno de apellido Tapia, que por cierto nos ayudó a llevar una relación muy detallada del desarrollo del alumno en cuestión. Saulo contaba con 13 años, justo la edad que da comienzo al tercer bloque de nuestra teoría.

Vayamos por partes. Nuestra teoría comienza con un rechazo a la división arbitraria que se ha hecho de la vida: infancia, adolescencia, etapa adulta y senectud. Nosotros planteamos la partición científica en bloques de siete años, que es la esperanza de vida de las células más longevas. El tercer bloque al que aludimos —que va de los 14 a los 21— corresponde a una búsqueda hacia fuera, generalmente hacia personas del sexo opuesto, y cualquier obstáculo o percance se suele reflejar en las maneras.

Al término de sus vacaciones de Navidad, Saulo Vega volvió con un ligero acné, condición que le habría de meter más en sí mismo mediante la lectura de novelas de ciencia-ficción: *Anvil of Stars, Space Race, Cyberbooks…* Releería esos títulos una y otra vez.

Claro está que algunos estudiantes se precipitan con la primera espinilla y otros llegan a ignorar toda una constelación en la piel. Es el caso de Germán Frías, que también es parte del grupo de control: desde enero ha besado a más niñas, es goleador en el equipo de fútbol y ha experimentado con nuevos cortes de pelo.

Ni siquiera la cercanía de Germán impidió que el sujeto de este expediente cayera en la depresión fase uno. Además de su empecinamiento en las novelas ya mencionadas, el parte médico de la escuela Saint Ignatius especifica los grados de dejadez: no se bañaba, no comía, sufría insomnios y acaso se masturbaba en exceso. Se habló con la madre y con la abuela, y de ningún modo consintieron que se le diera medicamento. Saulo pisó por primera ocasión la clínica psiquiátrica a finales de febrero del año en curso. Se trataba de una mera observación y de dos sesiones semanales con el psicoterapeuta.

A mediados de marzo —y a punto de cumplir sus 15 años— se animó a escribirle a Gabi, una alumna cubana del *high school* de enfrente. Solo no hubiera podido. Solo se habría dejado consumir. Fue Germán Frías quien revisó su primera misiva sentimental, y fue sin duda la influencia del profesor chileno la que lo llevó a escribirla en castellano. En la misiva no le llamaba "Gabi" sino "Gabiota" y se hacía eco de algunos boleros que escuchaba en el estéreo de la abuela: "Un satélite danza", "Sol enamorado", "Estrella de mil galaxias". También le pedía de un modo abrupto que aceptara ser su novia.

Entre marzo y abril escribió otras cartas sin que hubiera respuesta de la chica. En total, tres. También le grabó un CD con sus preferidas de iTunes. Hubo preocupación de parte de la madre ante las visitas repetidas a las *vending machines* (se piden disculpas por no traducir todos los términos). En nosotros hubo cautela al saber que anduvo preguntando por la manera más rápida de adquirir un arma de fuego. Ya que Saulo seguía el patrón de los alumnos vulnerables, el médico pidió considerar una terapia más a la semana y tres dosis de Ativan.

El segundo viernes de mayo Saulo recibió por fin una carta de Gabi Santana. Asumimos que la leyó solo una vez. Haciendo una pausa en la lectura de la novela de turno, abandonaría su cuarto y esperaría frente al lago entre ráfagas de 40 millas. La madre asegura que se le vio a todas horas mirando el *ferry* desde Fox Point. Sentado a los pies de un viejo arce, bebió agua y apenas comió algunas frutas. Pasó ahí la noche del sábado y nadie quiso interrumpirlo. Lo mismo sucedió de domingo para lunes. Arriba las estrellas y abajo Saulo quizás escudriñando si esa sensación era una parte nada más o la totalidad de él. Digamos que la carta de Gabi fue una forma de cierre definitivo al dolor de saber que no era pelirrojo, a los pocos granos provocados por el acné y a quién sabe cuántas taras. Según la abuela, lo único extraño de esa jornada fue un cuervo que se apostó en la rama mayor del arce, como esperando la inmovilidad de Saulo o como si estuviera diciéndole algo.

Saulo se marchó de Fox Point a las 7:30 A.M. del lunes, y sin probar bocado se dirigió a la escuela. Ese día de mayo sonaron las alarmas entre los miembros del proyecto y dio un giro nuestro proceso de investigación.

Abrimos aquí un paréntesis para aclarar que los motivos del presente reporte se hallan debidamente especificados en el contrato firmado por la madre y el director de nuestro proyecto hace casi tres lustros. El original está en inglés, mas es parte del compromiso traducirlo a la lengua materna de cada participante. De paso sirva este párrafo para subrayar que todas las investigaciones del Behavioral Sciences Department —incluyendo ésta— exigen una observación rigurosa de los cambios tanto emocionales como de comportamiento. Es común hacer predicciones e incluso recomendaciones si se llegan a activar ciertas variables, por ejemplo, es posible prever una depresión fase tres: violencia hacia otros, hacia sí mismos o bien el suicidio.

El ya mencionado lunes 20 de mayo, durante la clase de español, Germán Frías cometió la indiscreción de llamarle *Redhead* y de preguntarle en voz alta por el contenido de la carta. De nuevo se oyó el apodo desde esa parte trasera del salón. Saulo finalmente cruzó una hilera de pupitres para extenderle el papel cuadriculado. Tan pronto fueron leídas las dos líneas, pasó a oscurecerse el rostro de Germán. *"Shit!"*

fue el monosílabo y con ambas manos hizo del papel una pelotita. Luego se la lanzó de regreso a Saulo. La tensión se sentía desde el pizarrón hasta el mapa del continente. Había que evitar que Saulo intentara hacer justicia por su propia mano. El profesor tomó como pretexto la distracción de ambos y fue a confiscar la pelotita de papel. De inmediato se dirigió a la oficina de la escuela para poner al tanto a los guardias. Asimismo —cumpliendo con su rol de colaborador nuestro— se dio su tiempo para sacar una fotocopia de la carta no sin antes darle una ligera planchadita.

Grasias por tus palabras. He pensado que me pides. Quiero ser tu amiga solamente. Tengo novio desde el año pasado.

Gabi

Vino la hora del recreo y el profesor Tapia todavía alcanzó a oír una breve discusión entre Germán y Saulo. El primero, llamándole pendejo, le reclamó por la sonrisa, por el buen ánimo, por el atrevimiento de guardar la carta de Santana: "Si te está diciendo que ya tiene novio". Germán estaba lejos de comprender que su amigo ya era otro. El rostro de Saulo rebosaba una extraña luz, como si desde el amanecer de ese lunes de mayo hubiese brotado en él un alma vieja. "Me escribió, Germán, me escribió. ¡Eso es lo que cuenta!". Y comenzó a reír.

Quisiéramos concluir este Expediente 22 aclarando que tres miembros del proyecto aún insisten en que las palabras y la actitud de Saulo han sido producto de un impulso, un acto reflejo para evitar la pesadumbre. Los otros dos miembros han adoptado una postura gestáltica y sugieren que los dos días en Fox Point le dieron al joven una visión total.

Para superar el diferendo, recomendamos a la madre y a la abuela teñir de nueva cuenta el pelo de Saulo. Eso nos permitiría determinar el avance real y desechar las simples conjeturas.

LA NOCHE DE POSEIDÓN

Los axolotl eran como testigos de algo.
Julio Cortázar

Imagínate viviendo en un frasco a medio llenar. El agua adquiere cuerpo ante el grosor del vidrio y cada pececillo mono discurre alrededor en una danza mientras tu ojo mira, sin mojarse, desde el otro lado, junto a la lámpara escocesa. Y acaso preguntes por qué es verdosa y no azul el agua, azul como el cielo o el mar océano. Imagínate mirando un ojo desde aquí adentro.

Esta etapa dio inicio hace días, cuando a Yosvani lo atrapó una imagen del National Geographic. Vino con la noticia de que nacer era tan fácil para los pececillos mono, un cheque de diez dólares y a vuelta de correo el sobre de la tienda Pets, un polvo rosa en su interior, el frasco con agua salinizada y segundos más tarde el polvo recobrando vida en una rápida eclosión. Los pececillos mono serían el anverso del "polvo eres y en polvo te convertirás", nadarían en *zig zag* uno tras otro en este universo limitado por la circunferencia del frasco, un cilindro faldón, sin cuello y en la parte superior una tapa con hoyitos improvisados que terminarían por distorsionar el logotipo de cierta marca de mayonesa. Al nacer tendrían el tamaño de un punto y para verlos se precisaría de una lupa. Conforme pasaran los días, ese punto se volvería coma y la coma una especie de paréntesis. ¿Cuál era la clave entonces para que la danza de los pececillos no se detuviera? ¿Jugarían el mismo juego del creador omnipotente intentado meses antes con la pequeña boa?

A la serpiente la adquirieron personalmente, con pago en efectivo, en el Animal Store de la calle Clark: una cría de pie y medio que reptaba a lo largo de la caja de vidrio y que cada tercer jueves se tragaba un ratoncito en partes; la vieron dar sus "primeros pasos"; también sirvió de bufanda y reliquia viva. Era el juego de tres seres inocentes. Pero tan pronto como Yosvani y tú comenzaron a jugar al Génesis, con las debidas leyes y sentencias, exponiéndola en exceso a la luz de una bombilla, la boa de cola roja dejó de buscar la cabeza del ratón, incluso el agua, y simplemente se enroscó para dejarse secar en una esquina.

En el National Geographic se afirmaba que hasta un niño podía encargarse de la eclosión y la crianza de los pececillos mono. Para oxigenarlos solo habría que remover las 30 onzas de agua con una cucharita, dejar que se abriera el polvo que guardaba los huevecillos; algunos sí se tomarían su tiempo para salir mientras varias gotas se evaporaban en el frasco, acaso tendrían que agregar varias onzas de agua mineral. Tú recortarías decenas de cupones mientras Yosvani continuaría con su cara de ensueño observando los cristales aún asentados en la red del frasco. Ya vendría el momento de soltar la primera ración de comida y considerar la compra de un filtro de carbón. Cabe señalar que a Yosvani le disgustaba el término "pececillos", pues más que peces pertenecían a la familia de las langostas y los camarones, eran crustáceos del orden de los decápodos, es decir, tenían patas y no aletas y sus ojillos estaban tan próximos que parecían tener uno solo uno. ¿Qué tal "cíclopes acuáticos", "monos marinos" o simplemente nada?

¿Recuerdas que vino la época de las tortugas y que fue más o menos lo mismo que con la boa? Comían su lechuga debajo del sofá y con esa parsimonia de espíritu viejo, encontraban la tinaja de agua junto a una pata del escritorio. Hasta que Yosvani repitió su propuesta en una frase. Tú aceptaste sin dedicarle tiempo a la respuesta. Y esa misma mañana que emprendieron el juego de los dioses, aquellas dos tortugas recibieron un nombre y fueron puestas boca arriba. Ellas se columpiaron varias horas sobre sus caparazones y tan pronto lograron ponerse en cuatro patas, sacaron en exceso la cabeza y se extraviaron para siempre en algún recoveco de la casa.

Hoy a las nueve comenzó la gran nevada, cinco pulgadas de acumulación por hora. En la mesita de centro organizaste los cupones de acuerdo con el tipo de producto y la fecha de vencimiento: vitaminas, arena de mar, un declorificador… Dieron las 12 cuando Yosvani se puso deprisa la chaqueta y el gorro. Le pediste que no saliera, que el locutor de la Public Radio acababa de anunciar que se esperaban varios pies y ráfagas violentas de nieve; las escuelas estarían cerradas hasta nuevo aviso. Yosvani solo pidió el cupón rectangular; iba al Animal Store a comprar una pecera de marca registrada.

—¡No vaya a ser que los chibiricos verdes sean de salmonela!

Tras el portazo, miraste la lámpara encendida y, curioso de la luz, viniste al frasco, primero el vidrio que reflejaba un ojo, tu iris azul, las pestañas rectas y enseguida el agua.

—Se portan bien o acabarán en el hoyo del fregadero —eso lo dijiste medio en serio y medio en broma, y esa voz estaba todavía más cerca de ti que de nosotros.

Pasaron las horas y tu ojo siguió mirando. Entendiste que el frasco había cedido para no estar deshabitado; también entendiste que el agua había cedido para tener forma de cilindro. Y en esta unidad de contenido y continente discurre la vida, dos minutos, diez minutos mirando cada pececillo ahogándose en el contento de su danza.

Ya es de noche. Según el locutor de la Public Radio, la nieve alcanzó tres pies. Tu ojo aún mira el movimiento, en el fondo un pececillo mono persiguiendo a otro, en medio los más ufanos y al ras de la superficie los pececillos grandes trazamos una órbita y nos quedamos flotando frente a la zona ínfima del ojo. Lo último que recuerdas es un proverbio de Machado que les hizo memorizar el profe de literatura: *El ojo que ves no es/ ojo porque tú lo veas,/ es ojo porque te ve.* En la calle quizás se desvanezcan los esfuerzos de las palas y los autos; aquí en lo íntimo se abre el murmullo del mar y el ascenso de cientos de burbujas. Del otro lado, ya distante, la maravilla del ojo humano, un mirar sin pensamientos, el iris verde dejándose mirar por todos.

Y entonces de nuevo un portazo. Yosvani, sacudiéndose los copos, apaga la radio y dice que hubiese sido imposible cargar la pecera bajo tanta nieve; que sin embargo ha comprado un par de *Triops.*

—¿*Triops?* —y escuchas afuera el timbre de tu voz, evaporándose, como el último miligramo de un hielo. Pero ya no es tu voz. Estás aquí, ahora, con nosotros, prestando tus palabras y danzando en los mares de este acuario. Eres un pececillo más.

Y a través del vidrio todavía miramos a Yosvani, junto a la lámpara, mostrando con orgullo un contenedor en el que nadan amenazantes dos criaturas.

—*Triops* —anuncia él— son los depredadores naturales de los pececillos mono, parecen tener tres ojos y se les considera fósiles vivientes, muy adecuados para jugar al terrible Poseidón.

COMEDIA EN PUNTILLAS

La vida en Chicago había sido un paraíso sin dios. Esa tarde entregué las llaves del apartamento y me fui a esperar el megabús que me llevaría de regreso a Indianapolis. La capital de Indiana —cuna de nuestra empresa farmacéutica— era un infierno sin diablo. Mas había que volver o vivir el desempleo en Chicago.

Llegué justo a las dos a la parada de la avenida Walker sin voltear siquiera hacia la torre más alta. Hombres y mujeres se apostaban a la entrada del megabús y se refugiaban del sol del verano subiendo tan solo un escalón. El megabús de dos pisos fue acogiendo esas caras tostadas que ya no solo correspondían a las del Medio Oeste; delante de mí abordaba un hombre que parecía del Cáucaso y detrás una familia procedente del Magreb. Recuerdo que aún no dejábamos el *downtown* cuando la chica de la izquierda se quedó mirando la portada del *Libro de los chakras,* que yo leía, y sonrió dando la espalda a la ventana; era uno de esos gestos que invitan a abrazar el frío interior.

Cruzamos Hyde Park y la sonrisa de la mariposa ya no

fue dirigida a todos los pasajeros. Miré sin pudor su vestido grana y sus collares multicolores. Fui a decirle *"hi"* y —más discreta— me respondió con un "hola". Si en mí no hubo pudor para el saludo, en ella lo hubo menos para recorrer su talle de gitana hasta el asiento vacío. Más tarde entendería que solo los seres que no se reconocen llegan a sentir en ese megabús una suerte de incomodidad. Montserrat era su nombre. Me habló de sus abuelos catalanes, de la poesía de Rumi y de la danza giratoria de los Dervishes; acaso miró el ceño en mi rostro y aclaró que eran giros que sirven de espejo a la rotación de los astros. Yo le hablé de mi declinante carrera de ingeniero químico, del trabajo en la industria de los antidepresivos y de la facilidad que me ofrecía Indianapolis para comprar un arma de fuego. Ella insistió en que el arte y el revólver eran las únicas formas de reconciliación. Monserrat no era —según yo— una mujer de purgatorios sino de lunas y soles.

Ya en el primer descanso la vi estirarse y dar dos giros en puntillas. También le convidé de la palanqueta de almendras que más le gustaba y volvimos al discurso —en realidad nunca abandonado— de la posibilidad de una vida armoniosa en pareja. Ella buscó cruzarme con sus ojos de carbón, aproximando sin dejos de cinismo un pedacito de almendra. Le respondí acercando mis labios, pero ella se apartó diciendo que aún eran inmaduros los besos. Por suerte, el chofer, muy puntual, nos instó a subir al megabús. Volvimos al camino y pronto cruzamos el valle de los molinos de viento. No nos dejamos engañar por los juguetes de la tecnología y en un crucero vimos que las aspas de cada molino eran tan grandes como el megabús. Los pocos pasajeros del segundo piso nos sonrieron y un señor de frente blanca nos regaló una copia del *Antiguo Testamento;* haciéndola a un lado, Monserrat y yo nos acercamos. Era como si nos halláramos en la infancia, como si en nosotros se anulara el purgatorio del espacio y del tiempo y se llegara en cada milla a la mirada franca.

Cerca de Lafayette, los pasajeros parecieron pedir la fórmula del contento y el señor de frente blanca fue muy explícito al solicitarnos un versículo de la Biblia.

—Un revólver o la danza —les dijo Montserrat en español y ellos sin entender dejaron caer los hombros.

A las seis de la tarde, vimos los techos de las primeras casas. El señor se volvió a levantar para decirnos en inglés que Indianápolis era la ciudad con más iglesias. Yo quise decirle que teníamos iglesias en exceso tan solo para olvidar nuestras carencias, luego me mordí los labios para no decirle que por favor ya nos dejara en paz. Monserrat, entre risas, se burló de mi gesto y repitió lo del revólver. A esas alturas comprendí que había sido mejor regresar a mi ciudad acompañado de Monserrat que haberme quedado en el paraíso sin dios. Ahora éramos dos soledades avanzando juntas; éramos la unidad que dormitaba a un solo compás.

Ya en el libramiento que lleva a Zionsville no quise sacarla de su sueño para confesarle que los que aman acogen la danza y se olvidan de las armas. Hablarle además de la unión legal y de la compra de un condo junto a la catedral del centro. Alegrarla con la imagen de tres niños corriendo en la rotonda. Y justo en la calle 30, ella se despertó para agradecerme la sonrisa y los sueños compartidos, luego me dio las gracias por haberle mitigado el hambre de unas horas. Después presionó el botón del *stop*. La escalera en caracol la fue perdiendo. Yo intenté gritarle algo, que junto a mí había dejado sus llaves y el libro de Rumi; pero ella daba ya saltos de mapache, con su *Antiguo Testamento* en la mano, internándose en la acera, dejándose abrazar por el Tarzán que la esperaba y que seguramente era su pareja.

El camarón y las sirenas

UN DIA, A MEDIADOS DEL SEMESTRE, CECI, MARIBEL Y YO ESTABAMOS FANTASEANDO EN LA ESTACION ABANDONADA, ELLAS ESCOGIERON AL MAESTRO DE ALGEBRA Y AL CARITA DE EDUCACION FISICA. "A MI DEJENME AL CAMARON", LES DIJE MIENTRAS TARAREABA LA MELODIA DE LA CIGARRA. X ESO SUS PALABRAS Y EL POEMA DE FIN DE CURSOS FUERON PARA MI UNA DECLARACION. YO LE PEDI TIEMPO Y PRENDI UN MARLBORO, UD. APAGO EL SUYO Y DIO UN ULTIMO TRAGO A SU TEQUILA. YA LO DEMAS FUE PARA MI UN IMPULSO, LO DE UD. FUE + MEDITADO... AHORA, MIENTRAS ACA EN MEXICO PASAN LAS VACACIONES CON ESA GÜEVA Q' DA EL VERANO, RECUERDO LA VEZ EN Q' ME DIJO Q' EN 15 AÑOS SOLO SE HABIA SENTIDO ATRAIDO POR UNA DE SUS ESTUDIANTES: PAOLA ANDREA FEREGRINO, O SEA YO... RESPONDAME TAN PRONTO LEA ESTE EMILIO. ☺

Andrea:

Llegamos el domingo, después de un día en Copenague. Mi primera reacción en el tren que nos trajo del aeropuerto a Atenas fue la de relacionar los cerros de nuestra ciudad con las montañas que circundan esta urbe. La Acrópolis está en la cima de un cerro pelón. Caminamos por la ciudad antigua (le llaman Plaka) y nos sentamos en una calle despoblada. De pronto tuve la impresión de que estaba en la avenida Zaragoza: el empedrado, las banquetas vacías, una tierra tan seca como nuestro tepetate. Lo único que me devolvía a Grecia eran unas ruinas ya cerradas a esa hora. Hay en el centro de Atenas un parque en el que me tomé unas cervecitas mientras miraba a un grupo de viejos que discutían y fumaban sin cesar.

Comienzo por contarte que fui a un museo de arte ciclá-dico. ¿Recuerdas aquel cuento de Cortázar en el que un ídolo transforma trágicamente la vida de los personajes? Aprendí que los habitantes de las islas Cícladas desarrollaron un arte funera-rio. Los ídolos que vi en el museo se parecen mucho a nuestro arte olmeca. Son figuras alargadas, sobre todo femeninas, con los brazos alineados sobre el vientre. Los antiguos creían en su poder de transformación. Las figuras están habitadas, como si vivieran en un sueño. Qué ganas de verlas despiertas y fuera de los cristales… Así, con ese pensamiento, salí del museo. Ya en la calle tropecé con un perro ciego. Lo travieso de su cola me llamó la atención y lo seguí por algunas calles de Plaka. ¿Cómo podía cruzar tan campante las esquinas? ¿Cómo supo dónde echarse o que yo necesitaba el internet? Fue el perro que me tra-jo a este café. Necesitaba mandar unas calificaciones, y entonces encontré felizmente tu correo. Deberías estar aquí.

Luis Betancour

¡CUANTO SE HABLO EN EL SAN XAVIER DE LOS Q' SE IBAN A EUROPA!, "MIEMBROS DEL PERSONAL, Y DOS ALUMNAS Q' SE MERECEN DICHO RECONOCIMIENTO", SON PALABRAS DE LA HERMANA JUDIT ANTE EL MICROFONO, LUEGO LOS NOMBRES DE LA NENA CAMPUZANO Y MIREYA PERRUSQUIA, DOS HIGH SOCIETY POR SUPUESTO, A LAS DEMAS NOS MANDARON POR UN TUBO. UD. VOLTEO HACIA MI CON EL ROSTRO PREOCUPADO, COMO CONSUELO EN MEDIO DE TANTO APLAUSO ME FUI DESATANDO EL PELO Y SI SACUDI LA CABEZA NO FUE X LA DERROTA. ENTONCES VI DE REOJO A MIREYA Y A LA NENA... YO TAMBIEN RECIBI AL SOL HOY DIA, PERO NO PAREZCO LANGOSTA NI CAMARON, TEMPRANO FUI A CAMINAR AL CERRO DE LAS CAMPANAS, ENCENDI UN CIGARRO Y ME TIRE SOBRE UNA DE LAS ROCAS, LOS OJOS CERRADOS, LAS ONDAS DE LUZ CRUZABAN MIS PARPADOS, AHI DE UNA FUMADA A OTRA SUPE Q' X VARIAS VIDAS HABIA ESTADO COMO INVERNANDO ENTRE ESTA BOLA DE FRESAS, Y AHORA EN PLENO VERANO ME DESPERTABA EN QUIEN SABE Q' LUGAR, NO ERAN CAMIONES DE TIERRA ADENTRO SINO BARCOS LO Q' OIA, NO UN HUERTO DE AGUACATES SINO DE OLIVOS LO Q' OLIA, NO EL SITIO DE MUERTE DE MAXIMILIANO SINO OTRA BATALLA CAMPAL DE LOS HELENOS... EL VIENTO DEL CERRO ME CAYO BIEN, EL AGUA NOMAS FALTABA... Y NO, NO ME ACUERDO DE ESE TAL CORTAZAR.

Andrea, no quisiera insistir pero algo me dice que debo recordarte que no uses solamente mayúsculas en cada correo que me mandas. Sé que lo haces por evitar las tildes y por ahorrarte algo de tiempo, pero los párrafos se ven sinceramente feos. La culpa recae sobre mis hombros, como si dos semestres de lectura y redacción hubiesen pasado en balde. Además, pronto vas a entrar a la universidad y ahí no se vale hacer trampa.

Pasemos a otra cosa: Atenas. A pesar de que el turismo abunda, ningún ateniense nos ha tratado de timar. Solo un agente de viajes intentó darnos gato por liebre en la compra de los boletos a la isla de Creta; no era de aquí sino de uno de los países de nuestra lengua. Ya en la noche, el grupo se fue a ver un espectáculo de luces. Yo entré a una especie de fonda; el dueño se llama Kostas. Pedí cordero con ejotes y medio litro de vino casero, el segundo medio fue de parte de Kostas. Me lo fui bebiendo mientras brincaba de una página a otra de la *Odisea*... Al despedirme, pedí otro litro para llevar.

Betancour

NOS ENCANTABA Q' EN SU CLASE REPITIERA LAS HISTORIAS DE POLIFEMO Y LOS LESTRIGONES. ESO SI, JAMAS SOPORTE LEER Y MUCHO MENOS ESO DE PONER ACENTOS. PERO NADIE + NOS DIJO QUE LAS VOCALES DEBILES SE PUEDEN VOLVER FUERTES, NADIE + NOS HABLO DE QUE HAY UNA "I" LATINA Y OTRA GRIEGA, NADIE + NOS DIJO QUE LA "H" MUDA ES CONSONANTE, EN SUMA NADIE + Q' UD. CONTAGIA EN EL SAN XAVIER, ASI Q' NO TIENE MOTIVO PA SENTIRSE MAL... HOY TAMBIEN FUI A LAS ROCAS,

Y AL SENTIRME TAN SOLAPA ENTRE LOS CACTUS ME
DIO X DESABOTONARME LA BLUSA, FIGURESE LO Q'
ES DEJARSE TOCAR X TODOS ESOS DEDOS, EL SOL
TIENE MUCHOS DEDOS Q' HACEN VER NO SOLAMEN-
TE ALCATRACES Y GOLONDRINAS, ALGO TIENEN ES-
TAS ROCAS Q' PONEN A GIRAR AL MUNDO, JUNTO A
MI ESTABAN CECI Y MARIBEL FUMANDO Y NUTRIEN-
DOSE TAMBIEN EN LAS AGUAS DEL MEDITERRANEO.
BETANCOUR, LAS TRES LO ESTABAMOS ESPERANDO,
CON GANAS DE TOCAR SU BIGOTE GRIS, SU BARBA DE
3 DIAS. NOS GUSTARIA SENTIRLO UN POQUITO CRU-
DO, ASI CON LA CABEZA BORROSA Y EL ALMA LIBRE,
NAVEGANDO ENTRE REALIDAD Y SUEÑO, LLENAN-
DONOS DEL PRESENTE LEVE... UD. SE DEJARA VENIR
PARA ESCUCHARNOS, NO PUEDE ESTAR + CON TANTA
NIÑA BIEN. ¿HAY AMOR SEPARADO?

Andrea:
Ayer llegamos a Creta, luego de un viaje en barco que duró
ocho horas. Me puse una borrachera con olas y un destila-
do de anís que llaman ouzo. Cuando el líquido había hecho
de las suyas, y arriba colgaba la luna de Troya, comencé a
hacerle segunda al bufido del viento, un bufido de dolor en
ese espacio que va del mar a las estrellas. Me ha de haber
salido bien porque unas noruegas lo celebraron. Luego, entre la gente del San Xavier, evoqué tu versión del "quiero
morir cantando como mueren las cigarras". Acaso cometí
la imprudencia de escanciar más ouzo y brindar por ti teniendo siempre a Poseidón como testigo. Solo recuerdo que
todos se quedaron callados... Cuando desperté, me tenían

en un carrito como parte del equipaje, esto en el puerto de Eraklios, la capital. Una de las maestras dijo que yo no era un buen ejemplo.

Sobre lo otro, debo decirte que no hallo la forma de emprender ningún tipo de aventura. Tengo a mi esposa y a dos hijos que van a la prepa. Sería complicado. Por favor, no pienses que he olvidado un solo instante la tarde de fin de cursos, a ti diciendo en voz alta mi poema… No, Andrea, simplemente no puedo. ¿Recuerdas el cuento en el que Guillermo de Machaut puso entre sus labios y los de Peronelle una hoja de avellano? Así entre nosotros: siempre debe haber una hoja de olivo o de aguacate. Es mejor que no. En quince años, creo no haberle causado malestar ninguno a la hermana Judit, ni a la escuela, ni a toda la orden de los javerianos… Miento: la hermana sí me ha jalado las orejas.

Betancour

"¿ESCANCIAR? ¿MACHAUT?" PLEASE, DEJE DE HABLAR COMO LOS GUIAS. YO NO LE BUFABA A LAS ESTRELLAS, ES UNA MELODIA Q' APRENDI PA CANTARSELA EN SU RUTA HACIA NOSOTRAS… A LAS DEL GRUPO DEJELAS EN EL HOTEL Y VAYASE A COMPRAR + OUZO, YA PARA SEGUIR LA COLA DE OTRO PERRO CIEGO, YA PARA SACARLE FOTOS A + ESTATUILLAS. MIRE, RESPECTO A ESO "OTRO", ME DISGUSTA Q' SE VUELVA QUEJUMBROSO, LO UNICO REAL EN EL SAN XAVIER FUERON LAS VECES Q' ME PIDIO PASAR AL PIZARRON Y ESCRIBIR "TU FALDA DE CRISTAL, TU FALDA DE AGUA" Y LA TARDE AQUELLA EN QUE NO FUIMOS SEÑORITA

Y PROFESOR, SINO ANDREA Y LUIS, UNA SOLA PEPSI COLA PARA LOS DOS. LO UNICO REAL ES Q' GRECIA ME EMPIEZA A GUSTAR, LA BELLEZA SIEMPRE ES REAL. ☼

Andrea:

Ya llevamos dos días en Eraklios. Llegamos justo con el inicio de la temporada alta de turismo. Pero, cosa rara, no hay turistas. Los restaurantes están vacíos, las playas medio solas. Hablé con varios comerciantes; me han dicho que fue un error el ingreso de Creta a la Unión Europea. (En Eraklios veo la realidad como a través de unos anteojos, un filtro amarillo que no debe preocuparnos. Por eso me separé del grupo, excepto de Pablo Arreguín, pues nos hicimos hermanos en el ouzo. Ayer por la tarde fuimos a comprar vino y aceitunas. El dueño de la tienda platicaba con un amigo. Aquél andaría rozando los cuarenta, de cejas pobladas y ojos negros. El amigo era algo mayor, con la piel curtida por sus años de pescador. Mientras Arreguín le echaba un ojo a los vinos, yo observaba a los dos cretenses en el reflejo de un vidrio. Pensaba que hay mucho de la belleza clásica en los griegos de hoy; tal vez no rindan un culto al cuerpo como en aquel entonces, pero que son buenos mozos, lo son. Nos acercamos a pagar y el dueño de la tienda, en buen inglés, me preguntó que de dónde era. *"From Mexico"*, le respondí. Dijo que le parecía yo un hombre guapo. El amigo lo secundó y entonces sí me puse colorado.

Al salir de la tienda, Arreguín me preguntó que por qué había brindado por ti el otro día. Le dije que me escribías. Quiso saber más. Le hablé de tus palmas, de tu voz suave, en fin no me aguanté y le conté que te había acariciado la barbilla. Arreguín creyó que era una broma y prefirió cambiar de tema. Ahí mismo paramos en una taberna en la que un cretense tocaba su mantolino, fueron cuatro o cinco tragos, Arreguín se fue a llevar las aceitunas. Después, frente a una cerveza me arrepentí de ser tan viejo verde).

L.B.

DESE SUS VUELTAS CUANDO EL SOL CAIGA + FUERTE, BEBA Y COMA CON LOS CREETENSES Y OLVIDESE DEL BUEN EJEMPLO, SOBRE TODO APRENDA FRASES DE AMOR EN GRIEGO. A PARTIR DE AHORA SENTIRA + LA CERCANIA, MEDIDA NO EN DISTANCIA SINO EN HRS., CIERRE LOS OJOS CADA Q' PUEDA, VERA AL SOL CAYENDO DE PICADA SOBRE MIS SENOS, EL AGUA CELESTE JUGANDO CON EL CABELLO, A MARIBEL Y A CECILIA LAS ENCONTRARA TAN PARECIDAS Q' CORRERA HACIA ELLAS CONFUNDIDO. PORQ' NOSOTRAS CERRAMOS LOS OJOS Y ALINEAMOS LOS BRAZOS, Y DE INMEDIATO LAS 3 NOS VOLVEMOS UNA SOLA PIEDRA EN LA Q' SALPICA EL AGUA. LA DICHA GRANDE VIENE, BETANCOUR, ACA NO HARA FALTA OUZO NI LIBROS NI CERVECITAS, ESTAREMOS BORRACHOS TODO EL TIEMPO CON EL CANTO...........................

Me separé del grupo y, sin aspirinas, fui a visitar el antiguo palacio de Knossos. Un guardia del museo me acusó de haber entrado por la puerta de salida, intercambiamos gestos, vituperios, pero el incidente no pasó a mayores. Knossos es más laberinto que palacio: pisos, desniveles y caminitos sin salida; en este laberinto Teseo buscó al Minotauro hasta encontrarlo y darle muerte... La ciudad de Eraklios también me ha parecido un laberinto. Hoy, al salir del hotel, el filtro de la realidad se tornó naranja. Tomé por la izquierda, todo era naranja, anduve y anduve y siempre llegué a la misma tiendita de las aceitunas. Ahí estaban el tendero y su amigo. Les pregunté frases de amor; entre risas me enseñaron *"agaliase me"* y otras que de plano no entendí... Por favor, deja de usar mayúsculas, tú sabes escribir bien.

L.B.

OTRA VEZ COMO LOS GUIAS... HOY NOS TIRAMOS TODAS SOBRE UNA MISMA ROCA, ESA ROCA FUE DE NUEVO NUESTRO HOGAR, SOBRE ELLA CANTAMOS COMO EN UN CAMPANARIO Q' NO CESA, CECI Y MARIBEL CON SU SOSTENIDO, YO CON EL FALSETE Q' + TE GUSTA, Y SABES, CANTAREMOS DESDE AHORA PARA Q' NO TE PIERDAS, LA FELICIDAD NO TIENE HORAS. EL DIA Q' DEJEMOS DE ATRAER A LAS GAVIOTAS Y A LOS HOMBRES MEJOR SERA CALLAR, TIRARSE DE LA ROCA Y AHOGARSE ENTRE LOS CORALES Y LOS ARRECIFES COMO LOS NAUFRAGOS DE CUALQUIER TIEMPO. DATE PRISA. SI NOS ASEGURAS Q' VIENES, TE PROMETEMOS USAR MINUSCULAS Y MAYUSCULAS COMO TU NOS ENSEÑASTE, VEN, LA ARENA TAMBIEN ES DE COLOR NARANJA Y YA NO PUEDE ESPERAR.

Ayer hubo una discusión: unos quisimos ir a la isla de Delos; la mayoría optó por la de Santorini. Ya de camino a Santorini enredado con el viento escuché de nuevo el canto. Las maestras se caían de la risa, que yo les parecía gracioso. Luego dijeron que mi sudor…, y alguien habló de una urticaria. En el comedor del barco el maestro de física me arrebató la botella; a cambio le llegué a dar con la derecha, él me tumbó y fui a dar a la cubierta. Ya de madrugada, Arreguín me pidió q' le hablara de nuestros correos, y no le dije nada. Hoy tuvo el descaro de seguirme y de ponerse enfrente de la puerta del cibercafé, dijo que si no me calmo van a pedir ayuda a la embajada. Por fin pude pasar y a los 5 minutos lo sentí detrás espiando lo que escribía… Ya en la tarde alquilé una Vespa y me dirigí a la montaña del profeta Elías, rocas y matas de albahaca que dejaron el naranja y fueron adquiriendo un matiz rojizo. La máquina se habrá cansado y la dejé a dos terceras partes del camino, el resto lo caminé dando sorbos a mi anforita; desde la cima vi los 4 extremos de la isla, surgió en mí el miedo a las alturas, pero detrás de dicho miedo había otro + grande, sentí que pronto abandonaría todo esto, serían las 3:30 y el sol pegaba duro. Entonces dos monjes abrieron la puerta del monasterio, dijeron q' a las 4 me dejarían entrar, solo les respondí que pronto me iba a casar con una muchacha bella; seguro q' no me entendieron, pero uno de ellos me dio su bendición… Andrea: llego mañana a esta hora.

¿QUE ES VESPA? ¿QUE ES ELIAS? EN COSA DE HORAS DEJAREMOS DESCANSAR A LAS MAYUSCULAS, ENTONCES VENDRA EL AMOR, LA NATURALEZA DE NOSOTRAS ES ESTAR CONSTANTEMENTE ENAMORA-

DAS, TOMAR EL SOL SOBRE ESTA ROCA, TOCAR EL RAS
DEL AGUA BAJO LOS RAYOS Y EN LOS CREPUSCULOS
CANTAR, YA ESTAMOS HARTAS DE Q' NOS PINTEN
CON COLA DE BACALAO Y REMEDEN NUESTRO CANTO
CON CHILLIDOS DE AMBULANCIA. LUIS, DEJA QUE
MAÑANA SE VAYAN ELLAS A LA PLAYA, EN ELLAS NO
HABRA DISFRUTE X EL MAR NI X LA DESNUDEZ... YA
TE HABRAN ACUSADO DE HABERLES AGUADO EL VIA-
JE. COMPRATE UN WHISKEY Y VETE A BUSCAR A KOS-
TAS AL VIEJO MUELLE DE LOS PESCADORES. PAGALE
A KOSTAS LO QUE PIDA. DEJATE LLEVAR POR KOSTAS
HASTA ESTA NUESTRA ENCANTADA ISLA DE DELOS.

Sí, estos imbéciles llamaron a la embajada, y sé que incluso
enviaron un fax con mi fotografía; todavía creen q' alguien
se va a fijar en un profesor de una escuela menor, Arreguín
y una maestra del San Xavier dijeron que no como, luego
anduvieron pidiendo q' por mi bien los acompañara al aeropuerto, que me van a hacer volar de santorini a Atenas, y
de atenas a madrid y a la mismísima ciudad de México. Les
dije que YO ME QUERIA QUEDAR, la maestra lloró repi-
tiendo "IMPOSIBLE, NO PUEDE SER", te culpó a ti y culpó
al alcohol, arreguin dijo que nada tenía que ver el alcohol,
y todavía me trató de convencer pidiendo que me portara
como la gente. Apenas se fueron salí del hotel inventándome
una puerta, caminé por callejones y baldíos, y efectivamente
encontré a Kostas en el kiosko del viejo muelle, vacilé cuando miré el trastabilleo de su paso; sin perder tiempo, kostas
me extendió una cajetilla de PAPASTRATOS Y CONFIRME
QUE SUS OJOS NO MIRABAN A NINGUNA PARTE, ME

SENTI BURLADO, COMO PODIA ESTE CIEGO CONDU-
CIR UNA LANCHA HASTA DELOS; NO, NO PUDE ACEP-
TAR SU SALUDO, NI MUCHO MENOS EL CIGARRILLO.

¿QUE PEZ, LUIS? ¿QUE PEZ CON ESO DEL CIGARRILO...?
¿YA TE DIO MIEDO O Q'? REGRESA DE NUEVO AL MUE-
LLE, TOCA EL AGUA, ESCUCHA EL OLEAJE DEL MEDIO-
DIA Y DETRÁS DE ESE OLEAJE ESCUCHANOS A NOSO-
TRAS. NO NOS ES FACIL ESPERAR, LA NOCHE DE FIN
DE CURSOS FUE APENAS UN IMPULSO EN Q' TU MANO
ESCALO DESDE MI RODILLA, CON LAS TRES SI QUE
TE VENDRA EL TEMBLOR. REGRESA AL MUELLE, PIDELE
PERDON A KOSTAS, SUBE A SU BARCA CUANTO ANTES.

PAOLA ANDREA, ya fui al muelle, y caminando entre esa
arena tapizada de colillas me encontré con kostas, sin tanto
rodeo le pedí una disculpa, respondió con una sonrisa q'
vino a acentuar la neblina de sus ojos, y de pronto sobre la
playa el filtro rojizo acabó volviéndose violeta, nos sentamos en un tablón del muelle, yo no probé otra cosa q' no
fuera ouzo, él se aferró al whiskey, luego con el bordón se-
ñaló una lancha de dos motores, no sin antes recalcarme q'
el camino a delos no es de ningún modo fácil, mañana muy
temprano zarparemos… ☻ A POCO CREES QUE YO NO SE
PONER CARITAS.

ACASO ZOZOBRE EL BOTE, NO TE PREOCUPES, libraras
Lestrigones de verdad, Cíclopes y hechiceras, pero siempre

escucharás el canto de nosotras desde muy lejos, y en las orillas de la isla verás por fin la espuma crema, la franja de arena pedregosa, + acá entre la bruma unos ídolos de tamaño natural, somos nosotras envueltas en nuestro traje de piedra, las tres alargadas, los pechos al aire, los brazos en cruz, todo este ritual para darte la bienvenida, pero claro, tienes que apurarte, pues Arreguín y las maestras ahora andarán diciendo que te escribes y te respondes solo, que te lo van a comprobar, que tienes dos correos, uno con mi nombre en yahoo y el otro con el tuyo en hotmail, nunca sabrá ninguno de ellos que sí llegué a escribirte dos correos, que los otros emilios ya fueron de tu cosecha, IMAGINATE NOMAS LO Q' ES LA BELLEZA, TIENES Q' APURARTE, LUIS, ACA ESTAN TUS 3 SIRENAS ESPERANDO, si no vienes, corres el riesgo de convertirte en el mismo Betancour de traje y corbatita, AQUEL QUE LLAMAN EL CAMARON, aquel que nunca ha recibido cumplidos ni piropos de ninguna otra de sus estudiantes.

LA MANO DEL GRAN LAMA

Conocí a Lisa un jueves de septiembre en un bar de la calle
Broadway (The Sovereign, aunque ahora ya tiene un nombre
griego). La que iba a ser mi *date* nunca llegó. Metí la mano en
el bolso: allí estaban, hechos rollito, los 120 dólares del trato.
No le habrá gustado mi acento en el teléfono. O de plano ten-
drán mala reputación los estudiantes. Me hacía falta alguien
a quién culpar. Pedí un *shot*. El bar estaba vacío todavía, la
bandera del arcoíris y dos televisores dialogando. Tomé una
Guinness, luego una Harp y en punto de las 11 combinadas.
Volteé y en una esquina de la barra estaba una americana
salida de Dios sabe dónde: el pelo suelto, la playera ajustada,
las enormes caderas metidas en unos vaqueros. Calculé que
rayaba en los 35. Me miró; le mandé un Martini y pasaron
los minutos… La espera cansa. Cuando me disponía a dejar
el bar, ella me envió una cerveza. *"Tonight is your night"*, dijo
de pronto el cantinero. Resentí su indiscreción.

Una vez en la sombra de un anuncio de Corona, comprendí la ironía del cantinero: yo debía pagar tanto los tragos de ella como los míos. La mujer, además, se pasaba de

silenciosa. Solo dijo que era su cuarta noche sin "ir de compras". Después ya no fue tan silenciosa, habló de ángeles y entidades, y me pareció que le gustaba inventar cuentos a cambio de cualquier trago.

Caminamos por la Broadway con frases cortas, quebrando las hojas secas. Yo había reprobado el *midterm* de Probabilidad; al menos durante ese semestre, no tenía caso ir los viernes a la universidad. Casi llegando a Thorndale, me dijo que nunca había conocido mujeres científicas. Le hablé de Madame Curie y del descubrimiento del radio y, como un ejemplo, mencioné las placas de rayos X. Claro, Curie había sido más hombre que los hombres, pero eso no se lo dije. También le comenté de las llamadas "emisiones espontáneas", en las que un paciente, a partir de su fe, se cura repentinamente de SIDA o cáncer. Llegamos al edificio, justo enfrente de lo que parecía una *high school*.

En su casa nos fuimos abriendo paso en medio del tiradero: cajas de pizza, cocacolas del año de la pera. Lavó dos copas y nos servimos un tinto de la familia Gallo. Recuerdo que las ventanas estaban cubiertas por un plástico y que en cosa de minutos se empañó. En medio había una lámpara con luz roja. También un sofá ladeado con quemaduras de cigarrillo. Vi que el sofá nada más tenía tres patas; en la esquina tuerta le metí un zapato. Me senté. Ella se recostó y sus cabellos quedaron sobre mis piernas. *"I like them"*, dijo mientras jugaba con una de las medias. Fue contando que los clientes la maltrataban. Sin hacerle caso, le descubrí un tatuaje que bajaba desde el hombro hasta su mano derecha; en la parte de la mano tenía tatuado un ojo que ya había visto en los muros de Rogers Park. Casi en un susurro dijo que ese iris púrpura era lo que más quería. Luego empezó a hablar de la falta de paciencia de los hombres y las mujeres; dijo que ellas le cargaban más la mano y que a veces no le pagaban. Me gustó que no se afeitara. Ya eran las dos de la mañana. *"You decide if you wanna do it here or in the room"*. Junto a la cocina estaba la arena del gato y un plato sin comida. La miré a los ojos: vi que procesaba un dolor. Me acarició el pescuezo y dijo que con 100 dólares por noche le alcanzaba para lo suyo. Puse dos billetes de 20 sobre la mesa, justo al lado de una jeringuilla, le sacudí el cabello y salí.

Ya terminado el semestre, volví al bar The Sovereign. Hacía frío; la gente necesita calentarse de vez en cuando. La garganta por lo menos. Pedí por vez primera uno de esos Martinis que llaman "Cosmo", coloqué el celular sobre la barra y me entretuve mirando a un par de estudiantes que encestaban pelotas de tenis en la mesa de billar. Allí pensé en repetir la llamada... Nada, volvía a contestar una máquina con voz de primavera. Al parecer nunca habría de funcionar de aquí para allá; el objeto de mi deseo debía venir a mí. Pedí otro Cosmo, pero con menos limón, y me alejé de un tipo que recién había prendido un cigarrillo. Entonces, no sé de dónde apareció aquel otro trasero Wrangler; reconocí el talle, el cabello. Recuerdo que de nuevo se fue a sentar a la sombra del gran anuncio de Corona. Por el rabillo descubrí que sus muslos seguían siendo torneados y que sus labios mantenían el rosa intenso del carmín. Una belleza de la década de los 60, pensé. De hecho, lo único distinto era el espacio de su mano. Tal vez era por el suéter, una prenda holgada, como esas que venden en las tiendas de segunda que abundan en la calle Clark. Pero no: estaba hueco el extremo de su manga derecha. Simplemente no tenía mano. Me sonrió. Dudé para mandarle un trago; después con la izquierda me llamó. No supe si ir o no ir. El cantinero lo miraba todo: *"You're a lucky person, you know?"*. Entonces fui. Lisa dijo que en su casa tenía una botella. Le pregunté si todavía eran 100. Hizo un gesto, pero no me respondió. "Tengo una botella y algo para picar", y sonrió. No pude quitar mis ojos del brazo tuerto, sentí un escalofrío.

Seguía viviendo en el mismo edificio de la Thorndale. Pero ahora el departamento se veía recogido. Tal vez por eso me animé a hablarle de Morelia (mi ciudad natal), de la Fuente de las Tarascas y de mi afición por escribir. Ella quería saber de matemáticas, ahora sí prefería el siete, el 31 y otros números primos; dijo que de niña no le gustaban esas cifras. Se quitó el suéter; pude ver de nuevo el comienzo del tatuaje y más abajo un muñón del que se había descolgado para siempre la imagen del ojo. Ya no esperé para hacerle la pregunta. Su primera explicación (una simple frase) nos causó risa; entonces le conté con lujo de detalles que en el siglo XIX se creía en la muerte por combustión espontánea, que así murieron muchos que acostumbraban a tomar licor de más de 40 grados. Lisa llenó el vaso de vino: era su forma de evadir cualquier respuesta. La aparté y repetí la pregunta. Ahí mismo preguntó por mis clases en Loyola y por toda mi carrera. Le respondí que buscaba aplicar las matemáticas al área de bioquímica y que en Morelia era muy difícil. Quiso acercarse, pero volví a la interrogante.

—*So, what's going on?*

Ahí Lisa empezó a hablar en un inglés sosegado (casi en el grado cero) y no sé si todo lo que dijo haya perdido sentido en la traducción:

"Alguien llamó al servicio de *escorts*, edecanes o putas,

tú pon el nombre, por favor. Solo me dijeron que era un hombre de Alabama y me mandaron al Palmer House. Me gustan esos hoteles, pero no me caen bien los clientes con plata; a veces piden que los pises o los insultes o los cortes. Yo debía estar en el *lobby* al cinco para las seis y ahí estaba. La contraseña era mi vestido rojo, un Armani que nos vende a bajo precio la compañía. El cliente bajaría por el ascensor a las seis en punto en un traje blanco y un clavel en el ojal. Bajaron dos y ninguno caminó hacia el sillón. No se me podían perder tan así 300 dólares. De mi saco deslicé la información para estar segura de la hora y el lugar, todo bien. Esperé hasta las siete. El recepcionista ya me miraba con sospecha. Entonces vi que la alfombra era digna de un palacio de *Las mil y una noches*. Sí, la alfombra roja y con figuras de espadas se alargaba por una galería de espejos hasta terminar en un salón. A las puertas de ese salón entraba gente envuelta en telas color naranja. El recepcionista dijo que un señor importante iba a dar una conferencia. De nuevo me senté. Del ascensor salió otro tipo en traje blanco y un clavel en el ojal, pero muy metido en sí, podría decir que triste, tan triste que acabo yéndose a los servicios…".

"Wait a second", le dije a Lisa. Y agregué que no le creía, que esa gente pagaba por adelantado. Además, ella de todos modos recibiría su porcentaje. Solamente sonrió, como diciendo "right". Le pedí que no se desviara. En mi regazo puso una foto en la que estaba vestida de largo y cargando un saco beige. No pude apartar los ojos de la parte que aún correspondía al ojo tatuado sobre su mano. "This is from that night", me dijo. Después cruzó la sala. De un estante bajó un video, me aseguró que todo lo demás estaba ahí. Y siguió el hilo de su relato:

Caminé hasta el salón del fondo, ya habían instalado varias cámaras y la iluminación era espectacular. Fui a sentarme junto a dos señoras de copete alto. En el micrófono un profesor de gruesa voz anunció el arribo del Gran Lama. Los asistentes se pusieron de pie y (algunos con una reverencia) le dieron la bienvenida. Se me hizo que había algo de tonto en su sonrisa. Era la voz más blanda que había escuchado. Sobre el vestido me restregué las manos mientras oía las palabras del peloncito. La señora de al lado me volteaba a ver y en un momento dijo que por favor me tranquilizara. Entonces vi que mi mano derecha temblaba con su propia emoción. Intenté controlarla con la izquierda... Dieron las ocho. El Gran Lama hablaba de civilizaciones, de los ejércitos y de la paz mundial. Eso lo entendí bien, pero cada vez pude captar menos. Y entre menos entendía, la señora de al lado me decía que calmara el temblorín, que la mano se mueve para levantar el tenedor pero que cuando uno escucha, la mano debe estar quieta. No supe qué responder. Alcancé a oír el final del discurso y vi a los hombres naranja levantándose para hacer otra reverencia uniendo las manos al estilo del *Padre Nuestro*. Los de más atrás solo aplaudieron como hace la gente en los recintos que son solemnes. Entonces el hombre de la voz nos llamó a formar la fila del saludo. Algunos se fueron, otros se formaron, unos traían incluso libros del Gran Lama. Yo eché hacia atrás mi silla, me despedí de la mujer y caminé al frente del salón. La fila avanzaba a pasos cortos. El Gran Lama, sin dejar de sonreír, decía algo minúsculo y dirigía su mirada al próximo invitado... Ahí todo se fue sumergiendo en una especie de estanque que guardaba aguas densas, todo, excepto mi mano derecha que golpeaba como un tic el satín rojo de mi Armani. Enfrente dos invitados menos... El temblor subía, como pistón, de intensidad. Un camarero del hotel recogía las botellas de agua que nadie había destapado, yo era de pronto ese camarero y también las tres botellas. Yo era el jazmín de los floreros y el ventanal por donde se colaba el segundo viernes del mes. En la fila alguien se alejó con cierta queja, no era sino yo alejándome de mí. Se me acercó la señora del copete y yo fui las seis palabras: *"Calm down, my dear, please, please"* y también fui su copete. Para entonces yo avanzaba sujetando mi antebrazo con la izquierda. Tres menos... Primero saludé al profesor de la voz gruesa y no hubo ningún problema. Luego a un hombre naranja que transmitía, no sé por qué, la frescura de un manantial. Ahí llegué a sentir un acercamiento a la inmovilidad, tal vez porque ya me encontraba a medio metro del Gran Lama. Me vi a mí misma abriendo los labios para sonreír. Él extendió su mano de tibias venas, sin anillos, requemada por el sol. Miré aquellos dedos durante tres instantes y tuve la intención de saludar. Pero algo me faltaba. Dejé de mirar la mano de aquel hombre y busqué la mía en los pliegues del vestido y en los dos bolsillos de mi saco beige. No estaba. Vi que la gente con cámaras se multiplicaba a mi alrededor, el mismo Gran Lama dio un paso atrás cuando me tiré al piso para buscar mi mano a la altura de sus sandalias. La busqué en la base del pódium y entre las patas de algunas sillas. Nada. Me levanté y no pude evitar la risa. Solo el Gran Lama me acompañó en lo que obviamente era para él motivo de algún festejo. Los de seguridad ya me llevaban arrastrando cuando entre los dos explotó la más bella carcajada.

Le dije a Lisa que todo eso no dejaba de parecerme una marihuanada, un verdadero disparate. Solo respondió que en estos tiempos estaba aprendiendo a salir adelante con la izquierda. Que ya podía conducir su viejo Chevy y que no le daba vergüenza decir que había perdido la diestra en honor del Gran Lama. Sin añadir más, me entregó el video. Me fui.

HOLIDAYS

Lo vi por vez primera en la calle Winthrop aquella noche de San Valentín. Yo caminaba con Victoria y él se nos cruzó de frente. "Qué viejo tan raro", dijo Victoria. "Se ha de llamar Shams". Ignoro por qué dijo ese nombre. Más que extrañeza, me entró la paranoia. Pues Shams parecía caminar por esa calle solo para que nosotros lo viéramos, todo como midiéndonos, como sabiendo algo. Casi al instante Victoria dijo que en vez de "paranoia" debía usar "monomanía". No olvido que sobre la Broadway había gente con globos y claveles. Le regalé cinco claveles rojos. Pero Victoria no quiso apreciar los pétalos y pidió que fuéramos al Moody's para tomar una cerveza. En cosa de una hora el tal Shams atravesó tres veces por fuera del ventanal. Victoria lo tomó a broma: "ha de ser indio o caribeño". Luego —en un arrebato de empatía— sintió el temor que palpitaba en mi pecho. Jamás había estado tan fortalecida nuestra relación.

Salimos del Moody's a eso de las diez, casi a la par de otras parejas. Vimos a Shams a lo lejos, digamos a la altura de la Ardmore. Victoria gritó: "el coco, el coco" y nos echamos a correr. Era una noche fría. Ya en la carrera, nuestros vahos se fueron distanciando. Ella acabó en la banqueta este; yo, si mal no recuerdo, en la del Edgewater Bank. En el lustro de nuestras vidas nunca le había dicho "te quiero". No me causó vergüenza el haberlo dicho con prisa. En vez de responderme, Victoria siguió corriendo. Ya por la calle Hood le repetí el par de palabritas. Ella solo volteó para señalar la figura apocopada del viejo Shams.

La mañana de San Patricio le llevé un ramo de claveles verdes. Victoria lo recibió y una hora después rompió conmigo. Supuse —por cosas del almanaque— que el hombre por quien me dejaba era de origen irlandés. Al día siguiente nuestros amigos me aclararon que se trataba de un israelí de Be'er Sheva. Estaba yo seguro de que caería en el peor de los abandonos. Jamás había poseído a una mujer de tal manera. Tuve el impulso de tomar algo ardiente, mas comprendí que el licor podía arrastrarme con fuerza hacia el interior de una primavera cruda.

Pisaba la calle y surgía con fuerza la reminiscencia de Victoria. Intuí que no debía buscar sustituciones. Pero iba a ser necesario atravesar varios límites. Me distancié de los amigos, de los libros y de las películas. También renuncié a la estación de radio en la que trabajaba. "Un redactor menos", anunció mi jefe Mederos. Al día siguiente corté el teléfono y el internet. Así nomás me fui secando. Mi dolor se incrementaba en directa proporción. Ciertas noches la cama no hacía sino hundirme un poco más; me pasaba el rato secando mi sudor con una toalla o subía a la azotea para ventilar la rabia entre las antenas. Luego opté por salir a la calle y caminar de madrugada, un par de cuadras hasta llegar al barrio indio, o bien hacia el oeste, hasta lo que sería Andersonville.

Ahora sé que en esas caminatas buscaba a Victoria (el deseo) y en menor medida a Shams (el temor). En la parte semioscura de ciertas calles, visualizaba a Victoria como un ángel sin alas. Incluso me acostumbré a pasar cerca de las tabernas que frecuentaban los universitarios: The Sovereign, A Maple Leaf... Nada. Mis caminatas se empezaron a prolongar hasta las altas horas, justo cuando dos hombres comenzaban a arrojar copias del *Tribune* en los porches de algunas casas.

Ya en abril solo me quedaba el consuelo remoto de encontrar a Shams. No había olvidado su rostro: tenía el color de la gente que se ha expuesto mucho al sol.

Finalmente lo encontré una noche a la altura de una intersección de tres calles. Se había cortado el pelo a la mohicano. Mi primer impulso fue pensar en un personaje de película, todo por su insomnio, su casaca verde y aquella sonrisa. (¿Qué película? Todavía no lo sé.) Shams me habrá reconocido, pues se vino detrás de mí por esas cuadras casi muertas. Le di la espalda. Me seguía. Entre las casas y los pocos autos —iluso yo— todavía buscaba a mi ángel, el rostro apiñonado de Victoria. Fueron 12 o 15 minutos los que avanzamos. Próximo a la calle Wayne miré por el rabillo la flor de una botella. Y más atrás de esa arma improvisada, la cercanía de Shams. Eran pasos finos, como de araña, imperceptibles... Un asalto a esas alturas era lo de menos.

Ya sobre la avenida luminosa, distinguí al ángel bajo el semáforo. Sí, Victoria levantaba el brazo para hacerle la parada a un taxi. Iba sola. Volteó a verme: dos o tres segundos en los que no hizo ningún gesto. Abordó el taxi. Se fue. Y no era un ángel. Era más bien una apariencia. Me di vuelta: Shams venía muy cerca. Tuve la certeza de que traía un cuchillo o el cuerno de un animal. Caminamos en paralelo. Abrí la puerta del edificio. Shams puso un pie entre las dos hojas. También entró. Y todavía se dio tiempo para mirar el cartel del primer piso: *Artist in Residence: Eight Floors of One-Bedroom Apartments.* Tomó conmigo el ascensor metiendo su mano izquierda en la casaca. ¿Un cuchillo? ¿Una daga? Ya en el corredor sentí su aliento, algo parecido al hálito que suelta el mar. Entramos juntos al 402.

El tiempo que duró la noche estuvo en un rincón sin decir nada. No le ofrecí agua ni café. Solo se me ocurrió preguntar si venía de una isla. Asintió. No pensé en Cuba ni en Santo Domingo. Tampoco en Jamaica ni Martinica. ¿De qué isla vendría? Si hablaba castellano, ¿cuál sería su ascendencia?

Cuando salió el sol, Shams se levantó. Ni siquiera dijo adiós.

Vino otros días, siempre en silencio y en su rincón. Shams cada vez era menos pavoroso, a pesar de la daga agazapada. Y nunca aceptó lo que le ofrecí. Sentado o de cuclillas, jugaba a trazar garabatos con un lápiz.

Por fin el Cuatro de Julio —al tiempo que afuera un borracho estrellaba una botella— se remojó los labios con la punta de la lengua y dijo:

Esto no lo tomes al pie de la letra.

Quise oír más de aquel acento y la cadencia de aquella voz. Era una voz de niño en boca envejecida. Tal vez se trataba de un iraní que había aprendido español en Nicaragua. O un turco que había terminado en Ecuador. Shams retornó a la esquina poniendo la cabeza entre sus hombros a la manera de los pichones.

Lo volví a ver un día más tarde. Ya andaba rapado y con

una pañoleta amarrada al pescuezo. Me siguió. Repetimos el ritual. Él se acomodó entre la ventana y el sofá. Ahora sí se soltó:

Salí de la isla una madrugada. Algo me decía que era la hora. Traje agua fresca y unas latas de comida. Las indicaciones recibidas de muy poco sirvieron porque ya no estaban los faros del camino. No sé cómo soporté el viento en el primer tramo… Otros habían salido de la isla tiempo atrás, casi siempre en barcazas como en la que yo venía, algunos remando sin más ayuda que sus brazos. ¿Por qué ese empeño nuestro en partir? Si la isla tenía sus comercios y sus bosques. Si la isla tenía pueblos con iglesias y noches que se plasmaban en los ojos de los hombres. Pastos también había, atmósferas azules y remansos. ¿Por qué ese empeño? Ya verás por qué…

Habíamos llegado a la isla un día cualquiera. Pronto la fuimos moldeando a nuestra imagen y semejanza, calles como venas, vientres como plazas, fuentes como ojos. Pero la isla empezó a volverse jaula cuando los isleños se dijeron a sí mismos "patriotas" e "insignes ciudadanos". En las ciudades y en los caminos se fueron levantando líneas de barrotes. Se hacía alarde de los credos y nos dejamos de sentir naturaleza. Olvidamos que cada uno había llegado de otro lado.

Los que seguíamos aceptando la condición de inmigrantes tarde o temprano nos teníamos que lanzar al mar.

Aquella madrugada seguí remando entre la niebla recordando cada suceso en la isla como si fuese parte de un solo día. O aun mejor, como el sueño de una noche. Llegó la mañana y me quedé dormido en la cubierta. Como es normal, soñé con distancias interminables. A las 12 desperté, me sentía tan pequeño. Todo el océano circular. Debía seguir, un remo, otro remo. Al caer la tarde intuí que la orilla estaba cerca, que ya venía camino a casa.

Shams guardó silencio. Tal vez era un loco o un iluminado, en todo caso alguien peculiar. Mejor otorgarle el beneficio de la duda. Y me puse a cavilar: Shams había regresado de una especie de destierro y ahora se hallaba en tierra firme. Lo que él llamaba "continente". Por primera vez me pregunté cómo podía llegar yo a mi propio continente. Volteé para preguntarle a Shams. Pero él ya había salido del apartamento. Solo dejó sobre una baldosa de linóleo el dibujito de un pez.

No vino las noches siguientes. Comencé a buscarlo en cada calle de los barrios circundantes. Debo admitir que aún me distraía cada mujer que paraba un taxi. El ángel, mi ángel apiñonado… Hasta que la noche de Labor Day me invadió el enojo por haber amado a Victoria y por haber conocido a Shams. Fueron días.

A las cuatro de la mañana del Columbus Day, cuando los empleados municipales alistaban una especie de carabelas, sentí otra vez los pasos. Ahí estaba con el cráneo afeitado. Shams y yo caminamos desde el río hasta mi calle. Le dije que su relato era absurdo; que él mismo era un esperpento. No me respondió. Ya frente al edificio de la Winthrop me pidió que contara el número de pisos: sumaban nueve. Pero yo conocía mi edificio. Había vivido ahí por muchos años. Debían ser ocho pisos, no más. Le pedí a Shams su pañoleta para secar el sudor. Y dejándolo sobre la banqueta crucé la calle. Había que subir y bajar cada piso por las escaleras: corroborar por lo menos un par de veces. Eran ocho. Luego salí, y desde la banqueta de enfrente conté nueve.

Fue entonces que surgió la idea de abandonar aquello. Caminaría solo hasta la playa dejando atrás, ya apagadas, las luces del alumbrado. Recorrería los maderos del mue lle ignorando las carabelas. Avanzaría sin más combustible que brazos, torso y piernas. Me lancé a las aguas del Michigan la mañana del 12 de octubre. No era el mar océano, pero había que nadar en dirección al sol. Así, entre una brazada y otra, se fueron perdiendo los rumores de los barcos. Crucé la planta de purificación, luego la línea de las boyas. Tal vez fueron horas. Tal vez un día.

Ahora estoy en la cama de un hospital de paredes verdes. Volteo de un lado a otro: escribo. Dicen que desde un helicóptero el guardacostas detectó un manchón de espuma. Que yo estaba a cinco millas de la playa lanzando señas con la pañoleta. Estoy en una cama: me alimento a mis horas y converso con los enfermos. El doctor ha dicho que no necesito pastillas. Ungüentos y reposo nada más. Espero recuperarme. Atrás quedó la isla con sus *holidays*. En adelante habrá que caminar con holgura, procurando hacer una lectura menos literal de aquel relato de Shams... por lo menos hasta el día de Navidad.

YA NO TE ESPERO, MOY

Bien decía Moy que cuando empieza a calar lo mejor es quedarse junto al calentón. Arrimar el sofá y no pararse tanto.
Si pareciera que fuera yo llegando, pareciera que nunca hubiera visto pipas frizándose o las ventanas selladas con esa
capa blanca. Cada año es lo mismo, y una nomás aprende
a ser tarada, o jard jeded, como diría en inglés cualquiera
de mis hijos. Y razón la tendrían. Pues para dormir no me
puse el camisón, por boba no bajé al beisman desde anoche. A esta edad qué tengo que andar pensando en ahorros
y biles. Moy hubiera puesto trapos debajo de las puertas
o hubiera amarrado las patas del sofá en el calentón. Pero
Moy no hubiera hecho por bajar al beisman; él ahorrativo
siempre con el gas, con el agua y esas cosas. Así que igual
estaría aquí conmigo viendo estas serpentinas quietas, estas
lenguas sólidas que se colaron por rendijas y por cualquier
hoyo que toparon. Moy también las miraría crecer pulgada tras pulgada, como sombras malas, como raíces, éstas
viniendo desde el porche, las otras llegando por la sala. Ni
con sus manos, ni con sus huesos de soldador y jardinero

y todo lo que fue hubiera quebrado la capa que cubre la cocina. Pero Moy no las llamaría lenguas o serpentinas, ni mucho menos capas. Con las quijadas resecas, con un vaho de cal, todavía alcanzaría a decir que Alaska se nos metió por completo al edificio, que nos cayó de peso noviembre y que "ora sí forguéret, Delia, forguéret". Capaz que hubiera agarrado un palo de escoba para golpear los pisos. Con un cuchillo haría por escarbar y escarbar hasta tocar el linóleo, hasta picar un poco la madera. Prendería el horno. O tal vez no. Porque Moy sería incapaz de echar a andar el horno; con eso de que hay que agacharse, extender el brazo y meter un cerillo por el bróiler, con eso de que un diabético, yo sé, no sirve ni para encender un horno. Y así sin teléfono, sin cómo llamar a los muchachos, sin ganas de gritar, yo y el mismo Moy aquí hechos bien cubitos.

Daría risa que me hallaran así hecha cubito, como esos alacranes que venden enmicados. Por eso que no entre nadie. Sólo Imelda, y que ahora sí me convenza para que juntas nos mudemos a Wisconsin. O que me vuelva a hablar de la noche que llegué a la barra de don Toño, de cómo al principio me espantaba yo cuando me rozaban aquellos viejos con su mano, de mis ganas de llorar por la cruda de su aliento. Jovencita pero buena como maestra la potorra, para enseñarme el pisa y corre, las palabritas, el guiño de ojo por un tip de cinco dólares. Para don Toño fuimos cantineras, para los clientes reinas, y más reinas si les regalaba un cadereo, un rozoncito. Y sólo cuatro meses en la barra de don Toño, cuando el leiof de Moy, me acuerdo, cuatro meses de coquetas yo y la potorra. Y ahora yo aquí, esperando que vengas canija Imelda.

Mejor que entre quien sea: de repente mañana hasta

aparezco en el diario. Nomás de imaginarse esas fotos de sauces rotos a la orilla del lago, o los jaiweys cerrados por la nieve. Imaginarse una foto mía, aunque medio Chicago vea mi tiradero de sala, todo este relajo de cosas que tengo en casa. Pero anoche bien me pude haber ido con los polacos o al albergue luterano, bien pude haber hervido agua y más agua para aguantar la noche. ¿No como a las doce oí al viento todo histérico empujando las ventanas? Ahora veo que tiene razón la gente: el malo es el viento. Una presiente cuando el invierno está a punto de meterse: la cimbra cruje, los vidrios empiezan a cuartearse. Pero qué bien habré dormido para dejar que el edificio se pusiera bajo cero. "Tú sí no has aprendido —diría Moy—. Cinco minutos cuesta checar el termostato". Y lo diría como si alguna vez me hubiera enseñado a maniobrar un termostato. Para las válvulas sí me dijiste cómo y qué y dónde, pero no estoy ahorita para eso de andar poniendo válvulas. Además, no es como el agua que corre en las inundaciones, Moisés, que se lleva plantas y lámparas. Es agua calculadora, que entra pian pianito sabiendo bien lo que hace. Los del Departamento de Bomberos van a decir que anoche se me pasó la mano, que el vodka y un six para mi edad son la gran cosa. "Nada que ver, señores", les diré. Porque el invierno entró quieto y ronroneando, como si la sala y los cuartos se lo hubieran permitido, como si el edificio todo estuviera contento con este hormigón que poco a poco abarcó muebles, tapó cerraduras, descompuso jirers... Lo único que anoche sentí fue una especie de anestesia en los tobillos, un cosquilleo subiendo a los muslos y abarcando la rabadilla. Eran las lenguas esas que subían, que se me iban enredando como buganvilias. Pero ellos no sabrían lo que son las buganvilias. "¿Y entonces, entonces, señora?" Simplemente no quise despertarme, para qué pensar en que anoche se me pasó la mano. Mejor decir que estuve oyendo vidrios, el rechinar de los marcos, un trozo de hielo cayendo de sopetón sobre los platos... A las seis chirrió la alarma y se puso a flashear seises. Entonces desperté. Luego me dije: "apúrate, Delia, porque hay que checar cinco antes de las siete, a encuadernar catálogos y a rellenar folders con volantes". Diez años ya y qué joda eso de tener que levantarse, eso de ponchar tarjeta cada día. Por eso digo que fue bueno que no haya podido dejar el sofá y que me haya quedado como enyesada de los pies a la cabeza. Y qué bueno que haya acabado de rodillas sobre la carpeta, aquí en pleno centro de mi sala. Pensar que nunca he visto esta carpeta atiborrada como de jabones de cien gramos, de esos que hacen a una derraparse y quebrarse el hueserío. Por eso prefiere este reposo, Delia, el reposo... A los bomberos les diré que luego amaneció y que parecía que Moy hubiera condenado las puertas y todas las ventanas. "Dads it, Delia, dads it". No, Moy sería incapaz... Moy de plano no hubiera durado, ya estaría buen rato sin siquiera tiritar. Ya quieto, lo imagino, con su gorro de hielo, su bufanda de cristal.

Y si viniera Imelda, si de pronto entrara me diría: "¿qué es lo que usted hace echada, doña Delia?" Ella también culparía a las cinco, seis latas de cerveza. Esa potorra sólo entiende a medias. "Para no ir al báindery, Imelda, hoy no me entraron ganas de ver líneas de catálogos. En el báindery estamos torcidas, y a todas les ha de faltar su enyesadita. Al menos yo me estoy enderezando desde la madrugada, envuelta en este abrigo hecho de pelo de ángel. Toda la madrugada. Y al amanecer ya mejor me aventé con toda mi envoltura de cuerpo sobre el piso. Tronó hielo en el hielo,

Imelda, vieras qué bello. El cutis, los brazos, cualquier colgajo se amaciza; te olvidas de las cremas de Avón y del jabón de aloe...". La potorra me haría decirle, explicarle que es como estar protegida por un témpano, como que de aquí me paso al Ártico o como se llame el lugar ese. Y ella se reiría y entonces haría todo aunque fuera por hincarme, por meter desarmador en el abrigo, por quitar mis medias y acabaría corriendo donde los polacos.

Pero si apareciera Moy, mas bien pegaría un salto si viera su televisor todo frizado, la casa entera llena de picos, como esas estacas de piedra que vimos en Tonantongo. "Tu casa, pues, Moisés, tu casa". Tarde supimos que era mejor seguir rentando en la Polaina. Para qué echarse compromisos de treinta años. "Nos movemos a la Veintitrés —fue lo que dijiste—, siempre sí dejamos la Paulina". Y los salarios se nos fueron en pagar aseguranzas, en comprar termostatos, en cambiar draiwols cada año, cuando lo último que quisimos fue una casa. "Al menos yo; tú, Moisés, ya no estás para decirlo. Por eso aquí hasta el último enchufe anda mal. Ni siquiera se ha podido rentar el primer piso".

Sí, ojalá que entrará Moy con los bomberos. Si quiere reparar los calentones que lo haga. Pero que vea que ya me gustó mi abrigo de cristal. Él sabe que desde la Polaina me cayó bien eso de ver carros forrados de nieve. Yo desde esos días prefería el invierno para mirar los maples como si fueran esqueletos, las calles vacías y esas noches largas pero sin ser lo que se dice noche. "En la Polaina vivimos bien, Moisés. Tú con aquella chamba en las yardas, yo haciendo mis pininos encuadernando. Ahí crecieron los muchachos. De ahí se fueron los muchachos. Entonces qué necesidad de un edificio en la mera Veintitrés".

Para qué pensar en estas cosas. Mejor apagar por completo el cerebro y los sentidos. Para qué oír el ruido que afuera hacen los del Departamento. Como estatua de santo me sacarán, ya sé, y me llevarán hasta el San Antony. Y para qué probar mañana temprano la sopita caliente, o para qué ver las gotas de suero resbalando. Déjenme sola. "Porque ya no te espero, Moisés. Ni entres con los bomberos. Fuimos buenos para treparnos hace veinte años en la caja de un camión. Tú el mejor para aguantar, y hacerme aguantar, días enteros en uno y otro cuarto oscuro, en esta y aquella frontera. Luego más cajas de camión, y los dos agachados, de rodillas o acostados. Hermoso fue venirse. Nunca vimos ríos, ni gente detrás nuestra, ni supimos de eso de andar con miedo por el monte. Y de repente Chicago, como si por un tubo sin luz hubiéramos llegado. Eso hoy me da risa. Porque recuerdo que apenas nos movimos a la Veintitrés, arreglaste tus documentos y fuiste de visita. Pero no te cayó México, te hizo mal, y a los tres días andabas en el teléfono pidiendo regresarte. 'Se puso jomsic', dijeron los muchachos. Y entonces te fui a recoger a la estación. Tan azucarado, tan tembleque venías que del Greyhound nos fuimos al San Antony, y dads it, como dirías, te cuiteaste".

Mejor que venga la potorra. Ella tendría humor para decir que la sala se mira bien así escarchada y sin el Cristo de San Juan. Juntas lo bajamos apenas se fue Moy. En el ático me dije y allá está, también hecho paleta. "Recuerdas, Imelda, que al mes de bajarlo acabamos en el Salón del Reino cada sábado. Y a leer la Biblia, a enseñarnos a hablar desde un estrado y a repartir los *Despertad* en las esquinas. Cómo fregaban a cada rato las viejas de la línea. Y nosotras a comer solas y ellas a ponernos peros hasta para usar el horno. Tú sabes que también la Biblia, el Armagedón y todo eso acabó por fastidiarme. Es que todo eso me pareció que ni era cierto. Tú sí que seguiste con los Testigos, tú que más te resistías...". Pero chica sonrisota que tendría la potorra si ahorita entrara aunque no fuera por la puerta. "¿Qué hace usted echada en la carpeta, doña Delia?" Empezaría a hablarme de Wisconsin... Ya se oyen los trancazos, como si chispotearan sus picos tras la puerta del edificio. "Tiren, métanle barra, que ya se ven sus lucecitas y se oyen sus sirenas, que ya se oye hasta la voz de la polaca". Ah, pero mejor que no entren: cómo con la casa así que ni es casa. Si no es Imelda que se vayan... No, mejor que sí entren, que sepan que en la casa de doña Delia quien no cae resbala.

Originario de Querétaro, México, Raúl Dorantes nació emigró a la ciudad de Chicago a finales de 1986. Desde 1990 hasta la fecha ha sido parte de los consejos editoriales de varias revistas literarias en lengua castellana: *Fe de erratas, zorros y erizos, Tropel* y *Contratiempo*. Actualmente es parte del consejo editorial de *El BeiSMan*. En el terreno de la dramaturgia, la compañía de teatro Aguijón, asentada en Chicago, ha producido dos de sus obras: *Hasta los gorriones dejan su nido* (en 2008) y *El lunes de León Rodríguez* (en 2009). En 2010, su obra *De camino al Ahorita* obtuvo el segundo lugar del certamen nacional Nuestra Voces, organizado por la compañía teatral Repertorio Español. En 2013 publicó la novela *De zorros y erizos*.